Trahison au palais

LUCY MONROE

Trahison au palais

Traduction française de
LOUISE LAMBERSON

AZUR
HARLEQUIN

Collection : Azur

Titre original :
THE COST OF THEIR ROYAL FLING

HARPERCOLLINS FRANCE
83-85, boulevard Vincent-Auriol, 75646 PARIS CEDEX 13
Service Lectrices — Tél. : 01 45 82 47 47 - www.harlequin.fr
ISBN 978-2-2804-8413-8 — ISSN 0993-4448

Composé et édité par HarperCollins France.
Imprimé en septembre 2023 par CPI Black Print (Barcelone)
en utilisant 100% d'électricité renouvelable.
Dépôt légal : octobre 2023.

FSC www.fsc.org MIXTE Papier issu de sources responsables FSC® C159065

Pour limiter l'empreinte environnementale de ses livres, HarperCollins France s'engage à n'utiliser que du papier fabriqué à partir de bois provenant de forêts gérées durablement et de manière responsable.

1

La voix de Frank Sinatra chantant *My Way* fit sursauter le prince Dimitri alors qu'il se concentrait sur le contrat United Mining.

C'était la transaction la plus importante de sa carrière à ce jour, aussi entendait-il éplucher minutieusement chaque ligne de chacune de ces trente-deux pages.

Il tapota l'écran de son téléphone pour accepter l'appel vidéo avant que le crooner se remette à chanter.

— Il n'est pas un peu tôt pour toi ? demanda-t-il à son frère en guise de bonjour.

À Seattle, où vivaient Konstantin et Emma, sa femme, il était trois heures de moins.

Son frère émit un petit sifflement incrédule.

— Il est à peine 7 h 30 à New York, et tu es déjà au bureau !

— Et alors ? fit Dimitri avec un haussement d'épaules. En revanche, je suis étonné que *toi*, tu ne sois pas au lit avec ta charmante épouse.

Lui-même n'avait ni femme ni enfant avec qui s'attarder au lit ou autour du petit déjeuner, dans son immense appartement avec terrasse. Dimitri était à pied d'œuvre depuis 6 heures du matin et serait sans aucun doute encore là à 6 heures du soir. Son assistante personnelle et le reste de l'équipe commençaient à arriver à 8 heures. Ces deux heures de solitude étaient en général les plus productives pour lui.

— Tu as besoin d'avoir une vie en dehors du travail, répliqua son frère en fronçant les sourcils.

Dimitri s'appuya en arrière au dossier de son fauteuil.

— Être mon aîné ne t'autorise pas à jouer les nounous avec moi.

Ces paroles ne plurent manifestement pas à Konstantin.

— Je ne suis pas ta nounou, mais je suis ton grand frère et tu devrais m'écouter. La sagesse vient avec l'âge, tu sais.

— Tu as huit ans de plus que moi. Cela ne fait pas pour autant de toi un sage vénérable.

— Je suis sérieux, Dima, répliqua Konstantin, l'air inquiet. Tu dois avoir une vie en dehors du travail.

— Je vais à la salle de sport six jours par semaine. J'ai mes triathlons.

— Oui, mais tu les fais en solo, pas en équipe.

— C'est quand même une activité parallèle au travail.

— Tu étais un enfant si sociable, si ouvert, mais en grandissant, tu es devenu un individualiste forcené.

— On finit tous par grandir.

Dimitri avait adoré son rôle de prince et de benjamin de la famille royale, il se faisait facilement des amis et avait une vie sociale bien remplie, jusqu'à son entrée dans l'armée.

À la différence de ses deux aînés qui avaient servi à des postes ne les exposant pas au danger, étant le plus jeune de la fratrie, il avait été autorisé à monter au front. Et cette expérience l'avait changé. Perdre son meilleur ami et d'autres camarades au combat l'avait changé. Perdre la femme qu'il pensait épouser l'avait changé.

À six ans, Dimitri avait commencé à comprendre que la vie était jalonnée de pertes lorsqu'il avait perdu sa mère, emportée par un cancer. À vingt ans, il en avait été convaincu.

Plus on laissait de gens entrer dans sa vie, plus le risque d'en perdre, et de souffrir, était grand.

C'était aussi simple que cela.

Depuis, il ne laissait plus personne entrer dans sa vie.

— Comment vont les garçons ? demanda-t-il, voyant que

son frère ne se décidait pas à aborder le sujet qui l'avait amené à se lever d'aussi bonne heure pour l'appeler.

Son neveu Valentin avait six ans et demi de moins que son frère Mikhaïl, âgé de neuf ans. Ayant eu un excellent modèle, celui-ci était un aussi bon grand frère que Konstantin l'avait été pour Dimitri.

Il ne l'avouerait jamais ni à l'un ni à l'autre, mais il savait qu'il avait eu de la chance avec ses deux grands frères.

— Mishka est étonnamment mûr pour son âge et Valentin n'est jamais aussi heureux que lorsqu'il part en exploration, dit Konstantin avec fierté. Leur oncle leur manque à tous les deux.

— Je viendrai bientôt à Seattle.

— Je l'espère bien.

— Ne me dis pas que tu as laissé Emma au lit pour me demander si je viendrais bientôt voir mes neveux ?

Son frère plissa le front et se frotta le menton.

— Grandir n'implique pas de se priver de faire des rencontres, amicales ou autres.

Ah, c'était donc ça...

— Tu as parlé avec Père.

— Il désire seulement te voir heureux.

Leur père avait beaucoup de temps libre depuis que sa santé l'avait obligé à abdiquer et à passer le relais à Nikolaï.

— Je le suis.

— Vraiment ?

Seul un membre de sa famille pouvait insister ainsi. Cependant, Dimitri ne se laisserait pas entraîner dans cette discussion. Il lui arrivait de se sentir seul, forcément, mais jamais il n'en parlerait avec son père ni avec ses frères. Même si leur statut royal ne les empêchait pas d'être proches.

— Oui. Vraiment.

— Tu pourrais être plus heureux. Mais ce n'est pas pour cela que je me suis arraché à la chaleur de mon lit et de ma femme, et que je me suis éloigné en douce pour t'appeler à une heure pareille.

— En douce ? Ça a l'air sérieux.

— Oui, ça l'est. Je ne crains pas qu'Emma surveille mes appels, évidemment, mais je ne veux pas qu'elle entende ce que j'ai à te dire. Elle est devenue presque aussi proche de Jenna que de Nataliya, maintenant. Elles sont comme trois sœurs qui auraient des mères différentes.

Un frisson parcourut Dimitri.

— Nataliya va bien ?

Un mois après son retour de mission, Dimitri avait appris que sa belle-sœur avait fait une fausse couche qui avait mis sa vie en danger. Il ne savait même pas qu'elle était enceinte. La grossesse n'en étant qu'à ses tout débuts, Nataliya et Nikolaï ne l'avaient annoncée à personne.

Sauf peut-être à Jenna, la journaliste de mode qui était comme une sœur pour Nataliya, et maintenant pour Emma aussi, manifestement. Il ne l'avait pas remarquée, mais bon, il vivait à des milliers de kilomètres de ses frères et de Mirrus et ne passait pas beaucoup de temps avec sa famille, au grand dam de son père.

Dimitri travaillait énormément, déterminé à faire son devoir, lequel consistait à assurer la stabilité de l'entreprise familiale, Mirrus Global, et par extension, celle de Mirrus, le pays où il était né prince.

— Elle est de nouveau enceinte, répondit Konstantin, la mine sombre.

— C'est une bonne nouvelle, non ?

— Bien sûr, acquiesça son frère en hochant la tête. Mais après ce qui s'est passé la dernière fois, il est impératif qu'elle ne soit exposée à aucun stress.

Ce serait difficile, vu que Nataliya était reine de Mirrus.

— Et tu penses que je peux faire quelque chose pour minimiser les risques de stress ?

— Oui.

— Je ne vois vraiment pas comment ! Mais je ferai mon possible, naturellement.

— Je n'en attends pas moins de toi.

Ils avaient été élevés tous les trois dans le sens du devoir. Le temps passé au combat n'avait fait que renforcer son sens de la responsabilité. Être officier et voir ses compagnons d'armes tomber au combat lui avait appris que la moindre erreur de jugement pouvait avoir des conséquences tragiques.

— Une personne qui est proche de la famille fait fuiter des informations sensibles à la presse, enchaîna Konstantin.

Dimitri se redressa sur son siège. Il veillait à ne pas trahir ses pensées ni ses sentiments, c'était devenu une seconde nature chez lui, même vis-à-vis de sa famille. Mais il était prêt à bondir.

— Cela concerne la famille, ou Mirrus Global ? demanda-t-il d'un ton neutre.

— Les deux.

Cette fois, Dimitri poussa un juron.

— Exactement, fit Konstantin.

— Et tu ne sais pas de qui il s'agit.

— Pas de façon certaine, non.

— Que veux-tu dire par là ?

— Les fuites ont toujours lieu après une visite de Jenna.

Une douleur vive lui lancina la poitrine. Jenna avait été acceptée par tous les membres de la famille comme l'une des leurs. Si elle les avait trahis, Nataliya ne serait pas la seule à être anéantie. Son père considérait la belle journaliste de mode comme sa propre fille, au même titre que sa bru, Nataliya.

À partir du jour où cette dernière et Nikolaï avaient été fiancés, Jenna était venue fréquemment au palais. Elle et le père de Dimitri avaient en commun un goût immodéré pour la téléréalité, lequel avait quelque peu déconcerté le reste de la famille. Au début, Dimitri avait pensé que Jenna feignait de s'y intéresser pour faire plaisir à l'ancien roi, avant de réaliser bientôt qu'elle partageait réellement la passion de son père pour les vies de ces anonymes devenus de véritables célébrités.

— Impossible, finit-il par répliquer. Jenna ne trahirait jamais sa meilleure amie.

Jenna avait montré sa loyauté envers Nataliya à plus d'une occasion. Elle avait dit clairement qu'elle accordait une grande valeur à sa place au sein de la famille royale, tout en ne cachant pas qu'elle n'avait aucun désir d'en être un membre à part entière.

Konstantin soupira.

— Je refusais moi aussi d'y croire, mais *chaque* fuite a eu lieu après l'une de ses visites et cela s'est produit trop de fois pour qu'il s'agisse d'une simple coïncidence.

— Ou bien Jenna est à l'origine de ces fuites, dit Dimitri en réfléchissant, ou bien elle parle de nous à quelqu'un en qui elle croit pouvoir avoir confiance.

— C'est ce que je pense aussi.

— Tu lui as posé la question ?

— Tu parles sérieusement ? Et que ferait-elle aussitôt après, à ton avis ?

— Elle appellerait Nataliya qui a besoin de tout sauf d'être stressée. Mais tu penses vraiment que Jenna lui ferait cela ?

— Peut-être pas délibérément, mais même si elle se contentait de faire une petite allusion à nos soupçons, tu ne crois pas que notre belle-sœur en serait affectée ?

— Si, bien sûr, mais je doute qu'une femme aussi intelligente et attentionnée que Jenna prenne le risque d'incommoder sa meilleure amie.

— Si elle n'en parle pas à Nataliya, elle pourrait en parler à ma femme.

Et dans ce cas, Emma en voudrait à Konstantin d'avoir soupçonné son amie...

— Franchement, je ne pense vraiment pas que Jenna ait pu divulguer des informations aussi confidentielles, dit-il à son frère. Ni même parler de nous à quelqu'un en qui elle a confiance. Elle est trop futée pour cela ; elle est journaliste, non ?

— La correspondance des dates, Dima.

Effectivement. Il ne pouvait s'agir de coïncidences.

— Je suis complètement immergé dans des négociations importantes mais délicates visant à réunir plusieurs petites nations dans une opération commerciale, expliqua-t-il à son frère.

— Pourquoi ne suis-je pas au courant ?

— Parce que j'étudie le contrat à fond avant de vous envoyer les documents à toi et à Nikolaï.

Konstantin acquiesça d'un hochement de tête.

— Raison de plus pour éviter tout risque de nouvelle fuite.

— Exactement. Qu'attends-tu de moi, au juste ?

— Que tu te débrouilles pour savoir si Jenna est à l'origine de ces fuites. Et sinon, pour trouver le ou la coupable.

— C'est plutôt le boulot d'un consultant en sécurité.

— Nikolaï tient à ce que cette histoire reste entre nous. Si Jenna est à l'origine des fuites, il veut éviter que cela ne s'ébruite.

Leur frère aîné, le roi de Mirrus, tenait avant tout à protéger sa femme, Nataliya. Dimitri admirait l'attitude de Nikolaï mais il était content de ne pas avoir ce genre de préoccupation et préférait de loin gérer sa vie et ses affaires en toute liberté.

— Tu vis à Seattle. Pourquoi t'adresser à moi ?

— J'ai fait de mon mieux jusqu'à présent mais je ne peux pas aller plus loin sans me rendre suspect aux yeux de ma femme.

— Tu ne crois pas que Jenna trouverait suspect de me voir débarquer chez elle pour lui poser des questions ?

— Je te connais, Dima. Tu sauras t'y prendre avec elle.

— Tu veux que je sorte avec elle ?

Il n'était pas un agent secret, bon sang !

— Ce serait si horrible ? répliqua son frère en haussant un sourcil.

Coucher avec Jenna serait tout sauf horrible. Sortir avec elle ? Dimitri ne *sortait* pas avec les femmes.

— Écoute, Dima, reprit Konstantin en soupirant. Je me fiche que tu sortes avec elle ou que tu l'invites à participer à l'un de tes triathlons. Ce qui m'intéresse, c'est que tu trouves le moyen de l'approcher d'assez près pour savoir d'où vient la fuite.

— Elle ne fait pas de triathlon.

— Elle court. Elle nage. Apprends-lui à s'entraîner pour la partie cyclisme.

— On voit bien que tu ne sais pas de quoi tu parles ! OK, je serai à Seattle à la fin de la semaine.

Mais il entendait bien gérer l'affaire à *sa* façon.

Jenna Beals reposa son téléphone, aussi heureuse qu'inquiète pour sa meilleure amie qui était de nouveau enceinte.

Après sa dernière grossesse qui s'était terminée par une fausse couche et une hémorragie qui avait failli lui coûter la vie, Jenna avait pensé que Nataliya se limiterait à ses deux enfants. Mais...

Nataliya avait mis au monde l'héritière du trône, Anna Yelena, et l'héritier de rechange, le petit Daniil, trois ans, mais elle adorait être maman et voulait d'autres enfants. Pas un, *plusieurs*.

Or la fausse couche et l'hémorragie qui s'étaient ensuivies ayant été diagnostiquées comme idiopathiques, ce qui signifiait que l'on en ignorait les causes, le phénomène risquait de se reproduire.

Aussi Jenna était-elle à la fois inquiète et ravie pour son amie qui, de son côté, était aux anges.

Elle devrait envisager un petit voyage à Mirrus, juste pour s'assurer que Nataliya allait *vraiment* bien.

Ce serait peut-être l'occasion de revoir un certain autre membre de la famille royale, le prince Dimitri.

Dima. Le plus jeune et, selon Jenna, le plus sexy des trois frères Merikov. L'athlète – non, le triathlète –, au corps superbe. Aux cheveux bruns et aux sublimes yeux gris. L'homme idéal, en somme, mais qui avait hélas cinq ans de moins qu'elle, et était par ailleurs le beau-frère de sa meilleure amie. Sans parler de son fichu statut de *prince*.

Autrement dit, un être totalement inaccessible.

Se forçant à penser à autre chose, Jenna retourna plancher sur l'article sur la mode durable qui paraîtrait dans le prochain numéro du magazine. La mannequin grande taille, qui avait puisé dans sa propre garde-robe pour la séance photo, avait un nombre *énormissime* d'abonnés qui ne faisait que grimper depuis qu'elle avait été remarquée par une icône de la pop.

L'interview et les photos risquaient fort d'être l'une des doubles pages les plus populaires jamais publiées par le magazine, encore plus que celles que Jenna avait écrites sur les rendez-vous galants et le mariage de Nataliya.

— Jenna ? Il y a quelqu'un pour toi.

Elle redressa la tête, prête à demander *qui* voulait la voir, et rencontra les yeux gris qu'elle voyait bien trop souvent dans ses rêves. Rêves dont elle se réveillait brûlante et haletante.

— Dima ! Qu'est-ce que tu fais ici ?

En costume léger coupé sur mesure, la chemise déboutonnée à l'encolure et sans cravate, il se tenait devant elle, l'air décontracté et plus sexy que jamais.

— Konstantin m'a demandé de venir voir les garçons.

Ses gardes du corps devaient se trouver derrière la porte, ou, connaissant Dima, il pouvait les avoir laissés dans le hall, ou au bas de l'escalier. Il prenait plus de liberté avec la sécurité que ses frères. L'avantage d'être le troisième dans l'ordre de succession, sans doute.

— Je veux dire ici, dans mon bureau. Pas à Seattle.

— J'avais un peu de temps libre.

— Alors tu es venu me voir ? Pourquoi ?

Pour toute réponse, il la gratifia de ce sourire charmeur qu'il destinait habituellement aux photographes de presse et que l'on voyait souvent dans les journaux. Mais ce sourire avait perdu l'éclat d'autrefois. Celui qui irradiait de tout son beau visage avant son départ pour l'armée. Les autres membres de la famille royale semblaient ne pas avoir remarqué combien il avait changé. Excepté Nataliya.

Jenna aurait voulu interroger Dima sur ce changement, mais cela les aurait amenés à se rapprocher l'un de l'autre, ce qu'elle ne pouvait se permettre à cause de la fixation sexuelle absolument ridicule qu'elle faisait sur lui.

— Tu viens ici, poursuivit-elle, alors que tu es à Seattle pour voir tes neveux ?

Sa belle-sœur, Emma, allait être ravie. Ainsi que les garçons, qui adoraient leur oncle Dima.

— Ils sont à l'école et Emma et Konstantin travaillent tous les deux, alors, je suis venu te voir.

Mais oui, comme ça, en passant.

— Et toi ? Tu ne travailles pas ?

Cette fois, le sourire éclaira les beaux yeux gris, un tantinet moqueur.

— Tu ne t'en es peut-être pas aperçue, mais c'est l'heure de la pause déjeuner.

Jenna baissa les yeux sur l'écran de son ordinateur. Il était midi et demi, effectivement.

— Je ne déjeune peut-être pas avant 13 heures.

— Je t'imagine plutôt ne déjeunant pas du tout et restant assise devant ton ordinateur avec l'une de ces horribles barres protéinées.

Se rappelant qu'ils n'étaient pas seuls, Jenna tourna brièvement les yeux vers Skylar, son assistante éditoriale qui avait fait entrer Dima sans même la prévenir qu'un *prince* désirait la voir.

— Où est Rose ? demanda Jenna.

Impossible de passer devant la réceptionniste zélée sans montrer patte blanche.

— Elle est sortie déjeuner.

— Tu vois ? fit Dima.

Il avait beau être le plus jeune, il était aussi arrogant que ses frères.

— Et tu es venu t'assurer que j'allais déjeuner, c'est ça ? riposta-t-elle d'un ton ironique.

— Il faut bien que quelqu'un le fasse, dit-il en adressant un sourire complice à Skylar. Des barres protéinées... Non mais, franchement...

— Tout le monde ne peut pas s'offrir les services d'un chef privé, figure-toi.

L'ironie avait toujours été l'arme favorite de Jenna. Et Dima n'avait jamais paru s'en offusquer.

— Tu dois terminer ce que tu es en train de faire ? demanda-t-il tranquillement.

— Parce que tu penses que je vais aller déjeuner avec toi.

— Pas forcément tout de suite.

Il s'attendait peut-être à ce qu'elle le remercie d'être aussi conciliant ?

— Vous êtes vraiment un cas, Altesse.

— Je préfère Dima.

Jenna se servait de son titre honorifique lorsqu'elle ressentait le besoin de dresser une barrière entre eux. Pour se rappeler leur différence d'âge et aussi parce qu'elle avait toujours pensé que cela l'agaçait.

— Vous êtes ensemble ? demanda soudain Skylar avec curiosité.

Dima lui décocha un regard glacial.

— Vous travaillez pour un magazine de mode, ou pour un magazine people ?

— Parfois, c'est la même chose, répondit Skylar avec un sourire enjôleur.

— Pas ce magazine, déclara sèchement Jenna. Nous ne colportons pas de ragots, et je trouve votre réflexion particulièrement déplacée.

Renonçant à tout espoir de continuer à travailler avant d'avoir accepté de déjeuner avec Dima, Jenna ferma son fichier et se leva.

— Pour ton information, sachez que nous ne sommes pas ensemble, Son Altesse et moi. Nous ne couchons pas ensemble, et si j'entends quelque chose qui insinue le contraire, je saurai d'où ça vient.

Skylar la dévisagea d'un air incrédule, mais nullement intimidé.

— Je ne pense pas être la seule à ne pas être sortie déjeuner et à me poser la même question, répliqua-t-elle sans se démonter.

— Vous êtes inconsciente, ou kamikaze ? intervint Dima, manifestement choqué par le culot de la jeune femme.

— Vous n'y êtes pas du tout ! s'offusqua celle-ci en écarquillant les yeux. Jenna n'est pas du genre à me hurler dessus parce que je l'ai irritée. Vraiment pas.

Jenna n'avait pas besoin qu'on lui rappelle qu'elle était réputée pour son sens de l'équité et son pragmatisme. Cependant, elle n'appréciait pas que son assistante pense que sa magnanimité l'empêcherait de lui tomber dessus si elle se répandait en ragots. Parce qu'elle le ferait et serait impitoyable.

— Ravi de l'apprendre, déclara Dima avec calme. Sachez néanmoins que je prends ma vie privée très au sérieux, et que je ne suis pas aussi compréhensif que Jenna.

Il ponctua ces paroles d'un nouveau regard glacial qui, cette fois, impressionna Skylar.

— Comme si j'allais répandre des rumeurs, s'empressa-t-elle de répliquer. Je posais la question par curiosité, c'est tout.

De toute évidence, Dima ne la crut pas. De son côté, Jenna avait des doutes, sa jeune assistante étant connue pour aimer les ragots.

Mais l'autorité de Dima avait indéniablement produit de l'effet sur Skylar car elle déglutit, adressa un faible sourire à Jenna et sortit précipitamment du bureau.

Jenna prit son sac et sa veste.

— Je crois que tu l'as intimidée.

— Je suis prince. Elle aurait dû l'être dès l'instant où je me suis présenté.

— J'avoue que je ne sais pas si tu es sérieux ou si tu plaisantes.

— Pourquoi ne serais-je pas sérieux ? demanda-t-il, l'air surpris. La plupart des gens auraient été impressionnés, à sa place.

— C'est sans doute pour cette raison que je suis contente que ma meilleure amie soit reine mais pas moi.

Un vif éclat traversa les yeux gris.

— Tu es unique, Jenna. Tu n'as jamais été fascinée par ma famille. Je me souviens encore du jour où tu as appelé mon frère le « roi sexy ».

À ces mots, elle éclata de rire. De temps en temps, elle l'appelait encore comme ça, pour taquiner Nataliya. Et aussi pour taquiner son roi bien-aimé, qui prenait la vie beaucoup trop au sérieux au goût de Jenna.

2

— J'ai entendu dire que cet endroit était fabuleux, dit-elle en entrant avec Dima dans le restaurant asiatique étoilé Michelin.

— J'ai bien choisi, alors, répliqua-t-il en souriant. Mais je suis étonné que tu n'y sois pas encore venue.

Jenna se contenta de sourire. Les prix pratiqués par cet établissement dépassant largement son budget, il ne faisait pas partie de ses restaurants à tester. Sans parler des interminables listes d'attente pour obtenir une réservation. Comment Dima avait-il réussi à leur trouver une table pour le jour même ?

À moins qu'il n'ait prévu ce déjeuner de longue date ? se demanda-t-elle en contemplant la décoration minimaliste de style principalement japonais, avec plantes vertes et bois de teck. Un mur d'eau végétalisé se dressait au fond de la salle, ses filets d'eau se déversant sur des pierres plates.

Une sensation de bien-être envahit Jenna. Toutes les tables étaient occupées mais le bruit des voix ressemblait à un murmure. L'architecte d'intérieur qui avait conçu ce magnifique espace avait accompli un véritable prodige.

— Je me demande comment tu as fait pour obtenir une table, dit-elle en regardant autour d'elle.

— Le chef est un vieil ami, répliqua-t-il en guise d'explication. Il garde cette table pour ses invités.

La table en question était située à côté des cuisines, mais sans que cela soit un inconvénient. Au contraire.

— Tu as de *vieux* amis ? reprit-elle pour le taquiner. Tu as à peine trente ans.

— On n'a pas *à peine* trente ans, rétorqua-t-il d'un ton sardonique. On les a ou on ne les a pas. En ce qui me concerne, *j'ai* trente ans, comme tu le sais très bien puisque tu as participé à cette fête ridicule orchestrée par Nataliya.

Pour les trente ans de Dima, celle-ci avait en effet organisé une fête « à la papy », ce qui était évidemment une plaisanterie puisque son beau-frère n'avait vraiment rien d'un papy et était en outre le plus jeune adulte de la famille.

Dima tira une chaise pour elle – Jenna lui sourit et s'assit – avant de s'asseoir en face. Ensuite, il la dévisagea un long moment en silence, comme si... comme s'il avait l'intention de la dévorer toute crue.

— Ne me regarde pas comme ça. Tu es presque mon frère, dit Jenna pour dissiper le trouble qui s'était emparé d'elle.

— Je vais devoir me répéter. Ou je suis ton frère, ou je ne le suis pas, répliqua-t-il, pince-sans-rire.

— Tu es le petit beau-frère de ma meilleure amie.

Elle disait cela pour tenter de dresser une barrière entre eux, mais soudainement, ce système de défense lui paraissait moins efficace.

— Petit ? Pas vraiment, fit-il, franchement provocateur. Et assurément adulte.

— Eh bien, dis donc, tu sors le grand jeu, aujourd'hui !

Et ça fonctionnait. Des sensations brûlantes la parcouraient, le désir la consumait littéralement.

— Je peux savoir pourquoi ? ajouta-t-elle en s'ordonnant de garder les pieds sur terre.

Dima hocha nonchalamment une épaule.

— Pourquoi je te regarde comme si tu étais une belle femme ? Parce que tu en es une. Pourquoi je te regarde comme si je te désirais ? Parce que je te désire.

— Pardon ? murmura Jenna.

Elle regarda furtivement autour d'elle. Personne ne faisait attention à eux, Dieu merci.

— Qu'est-ce qu'il te prend de me dire des choses pareilles ? Dans un endroit public, en plus ?

— Pourquoi pas ?

— Parce que.

— Serais-tu à court de mots ? Pour une journaliste...

— Je ne devrais pas avoir à t'expliquer pourquoi. La réaction de Skylar ne t'a pas suffi, tout à l'heure ? D'ici à ce soir, tout le monde racontera dans les bureaux du magazine que nous sortons ensemble.

— Et alors ?

— Comment cela, et alors ? Nous ne sortons pas ensemble !

— Pas encore.

— Qu'est-ce que tu racontes ? Tu veux sortir avec moi ?

— Ne prends pas cet air horrifié. Je n'ai pas dit que j'avais l'intention de te faire la cour ; je suis tout à fait conscient de ton aversion pour le statut de princesse. Nous pouvons sortir ensemble...

Il s'interrompit, ses beaux yeux gris étincelant d'un éclat farouche qui fit naître des frissons délicieux dans tout le corps de Jenna.

— Et aller plus loin, si nous le souhaitons. Tu es célibataire. Je n'ai aucun engagement de mon côté. Le mariage ne nous intéresse ni l'un ni l'autre. Pas plus qu'une quelconque relation à long terme.

Décidément, les frères Merikov avaient de ces expressions... Nikolaï avait parlé de *courtiser* Nataliya. À présent, Dima disait qu'il n'avait pas l'intention de lui *faire la cour*... Mais ce qui déstabilisait surtout Jenna, c'était le désir farouche qui embrasait son regard, aussi intense que celui qu'elle éprouvait pour lui.

— Cela ne nous intéresse pas ? répliqua-t-elle, l'air faussement indignée. Pourquoi ? Parce que je n'appartiens pas à la noblesse ?

— Parce que tu as été très claire et n'as pas manqué une occasion de répéter que tu n'avais pas le moindre désir de faire partie d'une famille royale, répondit-il avec une patience exagérée. Alors que tu entretiens des liens très étroits avec la mienne.

— C'est vrai, je le reconnais.

Le serveur s'approcha de leur table et déposa deux assiettes de hors-d'œuvre devant eux.

— J'espère que cela ne te dérange pas, dit Dima, mais lorsque je viens ici, le chef choisit le menu pour moi.

— Pas de problème, mais je suis surprise que tu laisses le contrôle à quelqu'un d'autre.

L'ombre d'un sourire joua sur la belle bouche sensuelle.

— Le contrôle est souvent une illusion.

— Tu te moques de moi.

Les membres masculins de la famille royale ne pensaient pas cela. Ni les membres féminins, d'ailleurs.

— On apprend beaucoup sur ce que l'on peut ou ne peut pas contrôler lorsque des vies sont en jeu, répliqua-t-il d'un ton détaché. Et puis, qui pourrait mieux choisir mes plats que celui qui les a préparés ?

— Tu as dit que c'était un vieil ami. Tu dois avoir énormément confiance en lui.

— J'ai dû remettre ma vie entre ses mains.

— Il était dans l'armée avec toi ?

— Il faisait partie de l'unité américaine qui travaillait de près avec nous.

— Il n'est pas un si vieil ami que cela, alors.

— Ma dernière mission remonte à six ans.

— Donc il n'y a pas si longtemps.

— On peut mourir en un clin d'œil et vivre une existence entière en l'espace d'une seule année.

Impossible de dire le contraire.

— Je n'ai pas le moindre désir de me marier de sitôt, poursuivit-il, reprenant sans transition le fil de la conversation interrompue par l'arrivée du serveur. Même si mon père nourrit d'autres projets pour moi.

— Autrement dit, le prince Evengi ne pourrait jamais te

convaincre de signer un contrat du type de celui qu'il avait fait signer à Konstantin autrefois.

— Exactement.

— Tu dis cela, mais ton existence est aussi régie par le devoir que celle de tes frères.

— Et je ferai mon devoir, acquiesça-t-il aussitôt. À mon rythme et à ma façon.

Jenna ne put s'empêcher de rire.

— Je n'en reviens pas, tu es encore plus arrogant et obstiné que tes frères !

— C'est l'apanage des benjamins, répliqua-t-il avec une désinvolture inouïe.

— Tu reconnais que tu es arrogant ?

— Je dirais plutôt *sûr de moi*, mais je n'ai rien contre l'arrogance.

— Évidemment.

— Il faut de l'assurance pour atteindre ses objectifs.

— Parfois, il faut aussi de la patience.

— J'en ai à revendre quand il le faut.

— Naturellement, acquiesça Jenna d'un ton ironique.

— Si tu en doutes, pose la question à mes compagnons d'armes. Quand on se bat, il faut énormément de patience. Surtout dans le genre de mission que les unités d'élite comme la mienne se voyaient confier.

— Je suis toujours surprise qu'on t'ait envoyé te battre. Tes frères n'y ont pas été autorisés.

— C'était mon devoir de plus jeune fils.

Cette façon de concevoir les rôles de chacun horrifiait Jenna, mais elle s'efforça de n'en rien montrer. Les familles royales vivaient autrement, faisaient tout autrement.

— Je ne comprends pas, dit-elle toutefois. Pourquoi était-ce ton devoir ?

— Aucun de mes frères ne pouvait prendre le risque de mettre sa vie en danger, mais ne pas envoyer un membre de la famille servir dans une unité de combat, alors que nous demandons de le faire aux autres militaires, serait de la lâcheté.

— Et s'il n'y avait eu que deux fils ?

— Konstantin aurait dû attendre que Nikolaï ait eu un enfant avant de servir dans l'armée.

— Et il aurait pu servir dans une unité combattante ?

— Oui.

— Tu te rends compte que c'est moyenâgeux, cette façon de déterminer les obligations et les devoirs d'un individu uniquement en fonction de la place qu'il occupe dans une fratrie, sans l'avoir choisie ?

Sa remarque lui valut un regard des plus indulgents.

— Cet usage se perpétue encore de nos jours. Et nous ne sommes pas la seule famille royale à l'appliquer, loin de là.

— Non, en effet. Mais je ne comprends pas pourquoi ton frère, qui semble être un monarque très progressiste, n'a pas mis en place une monarchie constitutionnelle.

— Tu vas être surprise : mon père y songeait.

— Ça alors !

Le serveur revenant prendre les assiettes vides, Dima garda le silence. Puis un autre vint apporter le plat principal, servi lui aussi dans deux grandes assiettes.

Quand le jeune homme se fut éloigné, Dima goûta les nouilles soba aux légumes et haussa les sourcils d'un air appréciateur.

— Très bon, dit-il, ses baguettes à la main.

Ayant elle aussi goûté le plat, Jenna hocha la tête. L'assaisonnement, le mélange d'épices umami et la note de citronnelle, était particulièrement savoureux.

— C'est très réussi, comme mélange de cuisines vietnamienne et japonaise, acquiesça-t-elle.

Ils mangèrent en silence pendant quelques instants avant que Jenna questionne Dima sur la surprenante révélation qu'il avait faite à propos de son père.

— C'était avant ma naissance. Je n'y suis pour rien.

Peut-être, mais ils en avaient débattu par la suite, sinon il n'en aurait pas entendu parler.

— Mais Son Altesse t'en a parlé.

— Tu persistes à l'appeler par son titre ?

— Je crois qu'il préfère que je l'appelle Altesse, répondit-elle avec un haussement d'épaules.

Dima souleva son verre d'eau pétillante et en but une gorgée.

— Peut-être, dit-il en reposant son verre. Et pour répondre à ta question, oui, Père nous en a parlé, à mes frères et à moi.

— Pourquoi n'a-t-il pas concrétisé son projet ? Il devait penser que c'était une bonne idée, puisqu'il l'avait envisagé.

— Tu as raison, mais finalement, lui et ses conseillers ont jugé qu'un tel changement représenterait un trop grand risque d'instabilité pour Mirrus.

— Bien sûr, répliqua Jenna d'un ton cynique.

Elle n'avait pu s'en empêcher. Elle avait vu trop d'hommes, et de femmes, refuser de lâcher le pouvoir qu'ils s'étaient habitués à exercer sans partage, ou presque.

— Je devine ce que tu penses, Jenna. Mais je t'assure que Père, et plus tard Nikolaï, a étudié la question de très près.

— Mais ils ont trouvé plus facile de s'accrocher au pouvoir.

— S'accrocher au pouvoir, comme tu dis, a failli coûter la vie à mon père. C'est principalement à cause de cela que le premier mariage de mon frère aîné a été malheureux. Assurer la continuité de la monarchie a coûté très cher à ma famille, mais le bien de Mirrus a toujours prévalu sur tout le reste.

— Le bien tel que vous le définissez.

— Oui, dit-il simplement.

L'une des choses qu'elle aimait chez lui, c'était le fait qu'il ne cherche pas à justifier ses positions. Il était franc, et d'une arrogance sans nom.

— Je ne pourrais jamais participer à des décisions, des choix, concernant des individus qui n'ont pas leur mot à dire.

— Mirrus n'est pas une dictature. Mon frère reçoit les citoyens une fois par semaine, durant une journée entière. Il est à leur écoute. Par ailleurs, et à l'inverse de ce qui se passe dans une dictature, nos citoyens peuvent émigrer s'ils le souhaitent, et leur intégration y est facilitée grâce aux bonnes relations diplomatiques que nous entretenons avec d'autres pays.

— Oui, mais ce n'est pas non plus une démocratie.

— Où les oligarques prennent la plupart des décisions en coulisse, grâce à de l'argent et à des négociations qui resteront toujours inconnus du grand public ? répliqua Dima d'un ton ironique.

— Cela ne se passe pas toujours de cette façon.

— Ton optimisme est attendrissant.

— Ton arrogance revient au galop.

— Je ne m'étais pas rendu compte qu'elle avait disparu.

Jenna se contenta de lever les yeux au ciel.

— Dîne avec moi ce soir.

La lueur couvant au fond des yeux de Dima ne laissait aucun doute sur ce qu'il comptait faire *après* ce dîner.

Voire pendant.

Ce qui n'était pas pour déplaire à Jenna. Mais elle ne céderait pas aussi facilement à un homme qui, en bon prince Merikov, était habitué à voir tous ses désirs exaucés.

— Nous n'avons même pas terminé de déjeuner, lui fit-elle remarquer.

— Je ne pensais pas à la nourriture.

— Je ne sauterai pas dans ton lit, Dima.

Même si son corps lui enjoignait de s'y précipiter.

— Mais tu brûles de le faire.

— Tu es toujours aussi direct ?

— Non.

— Pourquoi moi ?

— Pourquoi je te désire ?

— Non, dit-elle à la hâte, peu désireuse de l'entendre expliquer en détail ce qui l'attirait en elle. Pourquoi es-tu aussi direct avec moi ?

— Tu apprécies la franchise.

— C'est vrai.

— Alors ? fit-il en haussant ses sourcils brun foncé.

— Alors ta franchise frise la crudité.

— Tu préférerais que je sois plus délicat ? répliqua-t-il, l'air sincèrement curieux.

— Non. Je préfère encore la crudité.

Ça l'aiderait à lutter. À dire *non*. Or Jenna avait du mal à prononcer ce petit mot.

— Tu as cinq ans de moins que moi.

Le regard gris transperça le sien.

— Si j'étais un adolescent, cela pourrait compter. À trente ans, ce n'est rien.

— Pour toi.

— Cela te pose un problème ?

Cette fois, il y avait du défi dans sa voix.

Leur différence d'âge lui avait posé un problème autrefois. Quand ils s'étaient rencontrés et qu'elle avait désiré d'emblée ce jeune homme de vingt-deux ans qui n'avait sans doute encore jamais eu de vraie relation avec une femme. Rien n'avait filtré dans les médias, en tout cas.

Lorsqu'il avait commencé à sortir avec Galena, tout le monde avait été au courant.

— Jenna ? Tu considères cela comme un obstacle ? Une chose aussi insignifiante ?

— Non.

Pas dans le cadre défini par Dima. Sortir ensemble. Coucher ensemble. Sans attaches.

Un lent sourire se dessina sur sa bouche sensuelle. Un sourire dévastateur qui l'atteignit dans la partie de son être qu'elle voulait à tout prix protéger de cet homme.

Son cœur.

Jenna savourait ces instants partagés avec lui. Elle avait toujours trouvé Dima attirant, en dépit de son arrogance, mais prendrait-elle vraiment le risque de sortir avec lui ?

Cet homme était une force de la nature, doté d'un magnétisme animal qui l'attirait irrésistiblement. Tout en étant par ailleurs un être charmant et raffiné, d'une culture immense et diversifiée.

— Tu es bien informé sur la mode durable, dit-elle, pressée de changer de sujet.

— L'industrie de la mode dite rapide, ou jetable, engendre trop de maux sociétaux pour que j'en ignore les implications.

Il est important que nous soyons, mes frères et moi, conscients de l'impact sociétal et environnemental de toutes les entreprises avec lesquelles nous décidons de travailler.

— Tous les chefs d'entreprise ne sont pas de cet avis.

Le P-DG officiel de Mirrus Global – le conglomérat international appartenant à la famille Merikov – était le roi Nikolaï. Konstantin étant quant à lui le directeur d'exploitation et Dima le directeur financier. Mais Jenna savait que les trois frères partageaient certaines responsabilités tout en gardant le contrôle sur une partie de celles qui revenaient à leurs positions respectives.

Cette démarcation était notamment géographique, Nikolaï dirigeait les bureaux de Mirrus, Konstantin ceux de Seattle et Dima ceux de New York. Mais cela n'empêchait pas les trois fils Merikov de travailler étroitement ensemble.

— C'est dur pour toi de vivre aussi loin de ta famille ? demanda-t-elle à Dima.

— Non.

— Vous êtes très proches les uns des autres, pourtant.

Il esquissa un semblant de grimace.

— Depuis mon retour de l'armée, je tiens davantage à préserver ma vie privée. La distance est plus un atout qu'un inconvénient.

— Tu fais toujours partie de l'armée, non ?

Ses yeux gris s'assombrirent.

— J'aurais dû dire mon retour de mission. Oui, je respecte la tradition et conserve mon poste d'officier. Lorsque mon père prendra enfin sa retraite de brigadier général, je suis censé lui succéder à ce poste.

— Pas Nikolaï ?

— Traditionnellement, ce rôle revient au plus jeune fils, mais mon père était fils unique.

— Oh ! je vois.

Il y avait près d'une décennie que sa meilleure amie était mariée au roi de Mirrus, mais Jenna ignorait encore bien des choses concernant la famille royale.

L'alarme de son téléphone sonna. Déjà... Jenna passa rapidement le bout du doigt sur l'écran pour ne pas incommoder les autres clients.

— Je dois y aller, Dima. J'ai une réunion.

Il se leva aussitôt et sortit son smartphone pour envoyer un SMS.

— Je te dépose.

— Il faut d'abord régler l'addition, non ?

— C'était fait avant notre arrivée.

— Pratique.

— Ma vie comporte un certain nombre d'aspects *pratiques*. D'autres sont stimulants, ou éprouvants.

Sans doute ne le reconnaissait-il pas volontiers. Jenna prit cela pour une marque de confiance et d'estime.

Après s'être garé au pied de l'immeuble, Dima se tourna vers elle et lui posa la main sur le bras.

— À quelle heure souhaites-tu que je passe te prendre ?

— Pour aller dîner ?

Elle ne souvenait pas d'avoir accepté son invitation.

L'éclat qui incendia les yeux gris lui coupa le souffle.

— Pour commencer, répondit-il tranquillement.

— Tu es tenace.

— Cela va de pair avec l'arrogance têtue.

Et le charme. Ce qu'il savait très bien.

— Naturellement, répliqua Jenna avec humour.

Mon Dieu, ce sourire qui faisait pétiller des étincelles dans des endroits secrets qu'elle ferait mieux d'ignorer. D'autant plus qu'elle allait retrouver l'équipe éditoriale au grand complet.

— Emma et Konstantin ne t'attendent pas pour dîner ?

Il lui passa le bout du pouce sur le poignet, là où battait son pouls.

— Si. Et tu vas te joindre à nous. Emma sera très déçue si tu ne viens pas.

— Tu la préviendras que tu m'as invitée ?

— Bien sûr.

Elle secoua la tête en ne pouvant s'empêcher de sourire.

— Dois-je pendre cela pour un *non* ? demanda-t-il.

— C'est une façon de te dire que tu es vraiment trop, mais d'accord, je viendrai. Emma serait blessée si elle apprenait que tu m'avais invitée et que j'ai refusé de venir.

En vérité, Jenna était ravie, et très excitée, à la perspective de passer la soirée avec l'homme outrageusement sexy qui continuait de lui caresser l'intérieur du poignet, comme s'ils sortaient *déjà* ensemble.

3

Jenna se changea pour la troisième fois et poussa un juron – ce qu'elle ne faisait jamais. Pourquoi se cassait-elle la tête alors qu'elle allait souvent déjeuner ou dîner avec Konstantin et Emma, et leurs deux fils adorables ?

Elle y était même allée alors que Dima était là aussi. Mais ce soir, elle arriverait avec lui. Après qu'il lui eut dit explicitement qu'il la désirait.

Ça avait été beaucoup plus simple de le voir comme le petit frère du roi Nikolaï et de penser que son désir n'était pas réciproque. Elle avait bien remarqué qu'il la regardait, mais elle s'était convaincue qu'elle se trompait sur la nature de l'éclat qui couvait au fond des magnifiques yeux gris.

Pourquoi se serait-il intéressé à une femme de cinq ans son aînée qui, en plus, n'avait pas la silhouette des superbes top models prêts à tout pour attirer l'attention du prince Dimitri ?

Avec son mètre soixante-deux et ses courbes généreuses, Jenna n'avait rien d'un mannequin.

Elle s'habillait parfois pour sortir, bien sûr, mais elle préférait la mode décontractée, et durable, cela va sans dire. Sa photo ne ferait jamais la couverture d'aucun magazine glamour, mais ce soir, elle voulait que Dima éprouve du plaisir à la regarder.

Jenna contempla les vêtements jetés sur le lit en fronçant les sourcils. Tout ça pour Dima ? Le « petit » beau-frère de sa meilleure amie ?

L'homme sublime qui lui avait ouvertement proposé une

relation sexuelle. Et si son instinct ne la trompait pas, il lui proposait du bon sexe. Du sexe satisfaisant. Du sexe tel qu'elle n'en avait pas connu depuis trop longtemps.

Elle avait eu des liaisons, mais aucun de ses amants ne l'avait vraiment comblée physiquement. Jenna était sortie avec des hommes aussi grands que Dima, aussi bien bâtis que lui. Certains avaient même les cheveux brun foncé et les yeux gris. Ils étaient plus âgés, plus expérimentés.

Du moins s'en était-elle persuadée.

Toutes ces liaisons avaient été éphémères, se limitant à quelques soirées et une étreinte ou deux. Aucun de ces hommes ne l'avait captivée. Aucun d'entre eux n'avait hanté ses rêves. Les rêves dans lesquels elle se livrait à des étreintes torrides avec Dima. Seulement avec Dima.

Et ce midi, il avait exprimé clairement son désir pour elle. Il ne recherchait pas le long terme, c'était parfait. Même à supposer que Jenna ait pu supporter la perspective de devenir un membre de la famille royale, elle ne pourrait jamais être l'épouse dont Dima avait besoin.

Elle aurait toujours cinq ans de plus que lui et, étant stérile, elle ne pourrait pas lui donner d'héritiers. Or, même s'il était le troisième fils de l'ancien roi, on attendait de lui qu'il ait des enfants. Comme le répétait souvent son père, le prince Evengi.

C'était le devoir de Dima de produire des héritiers. Il le devait à la couronne et à sa famille.

Par conséquent, une relation purement charnelle leur conviendrait parfaitement à tous les deux. Et si, dans une infime partie de son cœur, Jenna éprouvait du chagrin mêlé de regrets, elle les ignora.

Ce qu'elle ne comptait pas ignorer, en revanche, c'était le désir d'éblouir Dima. Elle voulait sentir son regard affamé se promener sur sa silhouette.

Elle renfila le jean de créateur à la coupe vintage trouvé dans un dépôt-vente. Délibérément déchiré et râpé à certains endroits, il mettait en valeur ses hanches rondes et son postérieur rebondi. Quant au T-shirt couleur rouille ultracourt, il lui moulait le buste de façon un peu trop provocante pour un dîner en famille. Jenna prit la chemise à carreaux bleu ciel et l'enfila par-dessus. À présent, elle était présentable.

Ses bijoux n'avaient rien de vintage. Elle adorait les pièces fabriquées au Viêtnam par une association de femmes entrepreneurs. Côté maquillage, elle choisit des tons naturels. Et après avoir envisagé de se faire un chignon, elle préféra laisser onduler ses longs cheveux blonds sur ses épaules.

La sonnette de la porte d'entrée résonnant soudain, Jenna se repoussa à la hâte une mèche derrière l'oreille et jeta un dernier coup d'œil à son reflet.

Elle était fin prête. Et son cœur battait comme un fou.

S'efforçant de dominer sa nervosité, elle referma la porte de sa chambre. Elle détestait sortir en laissant de la vaisselle sale dans l'évier ou des vêtements sur le lit, ou à même le sol.

Ouvrant la porte donnant sur le palier, elle sourit en voyant Dima apparaître devant elle.

— Tu aurais pu m'envoyer un SMS, je serais descendue !

Il pencha la tête et l'embrassa sur les deux joues tandis qu'elle faisait de même.

— Ce n'est pas mon genre, dit-il en se redressant.

Alors qu'ils traversaient le parking souterrain quelques instants plus tard, il s'arrêta, laissant Jenna s'avancer devant lui.

— Ce jean me plaît. Très rétro.

— Merci.

Lui jetant un regard par-dessus son épaule, elle s'aperçut qu'il fixait son postérieur et sourit.

— Il me va bien, je trouve.

— Je trouve aussi, dit-il en baissant la voix.

Mais l'un des gardes du corps dut l'entendre car il émit un son qui ressemblait fort à un rire étouffé. Dima le toisa d'un air sévère, mais sans paraître embarrassé d'avoir été surpris en train de reluquer les fesses de Jenna.

De son côté, elle ne s'était pas privée de le dévisager de la tête aux pieds. Il portait ce soir un pull léger en soie près du corps et un pantalon droit à la coupe ajustée faisant ressortir ses hanches étroites et ses longues jambes musclées.

Il passa devant elle et appuya sur la radiocommande qu'il tenait à la main. La portière côté passager s'ouvrit. La voiture de sport était noire, bien sûr, et la carrosserie rutilante.

Vivant dans la même ville, Emma et Jenna étaient devenues très proches au fil des années. Et Jenna avait appris à supporter Konstantin. Quant aux garçons, elle les adorait.

Emma avait les pieds sur terre, tout comme Nataliya ; et son statut de princesse ne nuisait en rien à son immense talent d'artiste ni à son rôle de maman, sans parler de son amour passionné pour son mari.

Le prince Konstantin était incontestablement quelqu'un de bien, mais Jenna ne réussirait sans doute jamais à lui pardonner d'avoir traité Nataliya comme il l'avait fait. Il avait eu ses raisons, Emma étant la plus importante de toutes, mais Nataliya avait failli perdre sa famille en prenant la décision de rompre un contrat que Konstantin n'avait pas non plus l'intention d'honorer.

Il avait eu beau se mentir à lui-même, il n'aurait jamais pu épouser une autre femme et lui rester fidèle. La seule qu'il aimait était Emma.

Les garçons furent adorables, comme toujours, et entraînèrent Jenna dans une partie de cache-cache avant le dîner.

— Maintenant, tu comptes jusqu'à soixante sans regarder !

— Ils sont impatients de voir si tu vas réussir à trouver leur dernière cachette, lui dit Emma tandis que ses fils sortaient en courant de la pièce.

Mais ensuite, Jenna n'entendit plus de bruit. Impossible de savoir s'ils étaient encore au rez-de-chaussée ou s'ils avaient gravi les marches de l'imposant escalier du manoir.

— Je me souviens d'avoir fait la même chose avec mes frères et sœur, dit-elle à son amie.

Son cœur se serra, comme à chaque fois qu'elle pensait à cette époque, avant la mort de son frère.

— Ma sœur et moi essayions toujours d'être plus malignes que nos frères.

— Je croyais que tu n'avais qu'un frère, répliqua Emma en plissant le front.

— Je n'en ai plus qu'un maintenant.

Elle avait seize ans à la mort de Matt.

— Je suis sincèrement désolée, Jenna, dit son amie d'une voix douce.

— Merci. Il me manque toujours, tu sais...

— Je n'ai eu ni frère ni sœur, mais je peux quand même imaginer ce que ça fait. J'aime Dima, Nikolaï et Nataliya comme des frères et sœur et je ne peux pas supporter l'idée de perdre l'un d'entre eux.

— Les princes ont fait l'expérience de la perte très tôt, répliqua Jenna.

À la mort de leur mère. Ça avait probablement été le début de la fin du règne du prince Evengi, alors roi de Mirrus.

Il avait abdiqué en faveur de son fils aîné, après un infarctus qui avait failli lui coûter la vie. Cela ferait bientôt vingt ans qu'il s'était retiré du pouvoir, pour le bien de ses fils.

Le fait qu'il ait épousé plus tard la mère de Nataliya et ancienne comtesse Solomia prouvait qu'il avait fait le bon choix.

— Ils viennent nous voir le mois prochain, lui et Solomia, dit Emma, comme si elle avait suivi le cheminement de ses pensées. Tu viendras dîner ? Ils voudront te voir, j'en suis certaine.

— Je viendrai avec plaisir, mais dans l'immédiat, je crois qu'il faut que je parte à la recherche de tes fils.

— Ils vont être ravis que tu aies mis aussi longtemps à les trouver, répliqua Emma avec un chaud sourire.

En fait, Jenna mit plusieurs minutes à les découvrir, blottis dans un espace minuscule derrière des cartons entreposés dans un placard aménagé sous l'escalier, où elle avait déjà jeté un coup d'œil deux fois, avant de s'accroupir devant et d'apercevoir les deux garçons tapis tout au fond.

Durant tout le dîner, ils ne cessèrent de la taquiner, racontant à leurs parents et à leur oncle que Tatie Jenna avait mis *des heures* à les retrouver.

Mikhaïl lui rappelait beaucoup Matt. Et elle ne pourrait sans doute jamais lui en vouloir ou être en colère contre lui.

— Ils t'adorent, tu sais ? dit Emma une fois que les enfants furent sortis de table. Ils sont aux anges quand tu viens nous voir.

— Je confirme, enchaîna Konstantin.

Jenna lui fit une petite grimace.

— Tes fils ont bon goût.

— Ils n'ont jamais fait les frais de ta causticité, répliqua Konstantin avec calme.

Qu'il en ait lui-même fait les frais ne semblait plus trop le déranger.

— Caustique ? Jenna ? fit Dima en haussant un sourcil. Je n'y crois pas.

— Parce que tu n'étais pas censé épouser sa meilleure amie à cause de, je la cite, un contrat *draconien* que tout homme adulte ayant une once de respect pour les femmes n'aurait jamais accepté de signer.

— J'ai dit cela, c'est vrai, reconnut Jenna en souriant. Et je le maintiens.

— Elle l'avait signé aussi, au cas où tu l'aurais oublié.

— Nataliya était une adolescente, et elle subissait beaucoup de pressions.

— Moi aussi.

Konstantin et Jenna s'étaient livrés à cette petite joute des tonnes de fois, mais le prince ne prenait plus cela très à cœur, visiblement.

— Tu n'étais plus un adolescent, intervint Emma. Mais tu subissais une pression *énorme*. J'aime beaucoup ton père, tu le sais, mais il est très doué pour faire culpabiliser les gens.

— C'est un pro en la matière, soupira Dima.

— Alors, comment as-tu fait pour rester célibataire, sans contrat *draconien* à l'horizon ? demanda son frère.

— Ce contrat t'a causé beaucoup de chagrin, ainsi qu'à Emma et à son petit fils, sans parler de Nataliya. Cela n'a pas été très difficile d'obtenir de Père la promesse qu'il ne tenterait rien de tel avec moi.

— J'entends un *mais* dans ta voix.

— Mais j'ai accepté d'être présenté à des femmes *appropriées*, pour reprendre ses termes.

Jenna sentit une sorte d'étau lui enserrer la poitrine. Ce qui était absurde. Une relation à long terme avec Dima ne l'intéressait pas.

Du coin de l'œil, elle vit Emma la regarder furtivement, l'air un peu inquiet. Pourquoi ? Son amie n'avait aucune raison de s'inquiéter pour elle.

— Tu as accepté qu'il joue les entremetteurs ?

— Non, seulement qu'il me présente à ces femmes. Je n'ai pas l'intention de me marier de sitôt, ni de sortir avec une femme choisie par lui.

— Bonne chance ! répliqua Konstantin en riant. Et fais attention à toi, tu connais Père...

— Étant le benjamin de la fratrie, j'ai le temps de me marier. Autrefois, j'aurais fait carrière dans l'armée ou dans l'Église.

— Les prêtres orthodoxes ont le droit de se marier.

— En effet. Mais aucun de ceux de nos ancêtres qui ont choisi la voie cléricale ne l'a fait.

— Ah bon ? fit Emma. Je me demande bien pourquoi.

— J'aimerais beaucoup rester ici à bavarder avec vous, mais il faut que je rentre à l'hôtel, déclara Dima en se levant.

— Si tu ne veux pas partir maintenant, je peux te raccompagner plus tard, proposa Emma à Jenna.

— Ou demander au chauffeur de la raccompagner, enchaîna Konstantin avec un petit sourire en coin.

— Nous sommes mariés depuis sept ans et j'oublie toujours..., répliqua Emma en rougissant.

— Que tu es une princesse ? demanda son mari.

Jenna se souvenait encore du choc qui avait ébranlé la famille royale lorsqu'ils avaient appris l'existence d'Emma et de son fils. Ça avait été dur pour le prince Konstantin de découvrir que celle qu'il prenait pour une amie avait manœuvré pour tenir éloignés de lui la femme qu'il aimait et l'enfant dont il ignorait être le père.

— Oui, et que je suis scandaleusement riche, enchaîna Emma en roulant des yeux.

— Et que tu as la chance d'avoir pour mari l'homme le plus merveilleux du monde, ajouta Konstantin avec humour.

Emma lui sourit.

— J'attends que tu me le prouves, mon chéri, répliqua-t-elle sur le même ton.

— Je crois qu'il vaut mieux vous laisser régler ça en privé, déclara Dima avec un sourire entendu. On y va, Jenna ?

— Que faisons-nous ici, au juste ? demanda Jenna avec une lueur terriblement coquine au fond des yeux.

Dimitri coupa le contact mais laissa la radiocommande sur la console pour le voiturier.

— C'est seulement maintenant que tu poses la question ?

Elle avait bien dû se rendre compte qu'il ne la raccompagnait pas chez elle.

— Tu aurais pu choisir l'itinéraire touristique, rétorqua-t-elle en souriant.

— Je ne t'avais pas caché mes intentions.

— Tu avais laissé entendre que tu entendais te livrer à une entreprise de séduction, en effet.

Au même instant, le voiturier ouvrit sa portière et lui tendit la main.

Jenna se retourna vers le jeune homme.

— Merci, dit-elle ingénument.

Non mais…

Dimitri secoua la tête et descendit à son tour de voiture, laissant deux de ses gardes du corps s'occuper de la suite.

Les deux autres le suivirent à distance respectueuse tandis qu'il s'avançait avec Jenna vers les ascenseurs, avant de les rejoindre et d'entrer dans la cabine avec eux.

Le chef de sa sécurité passa le badge magnétique devant le lecteur, et tandis que la cabine grimpait directement vers le dernier étage, Jenna bavarda avec les deux hommes, les interrogea sur leurs familles, leur demandant entre autres s'ils aimaient voyager pour le travail. Il ne s'agissait pas de la simple curiosité d'une journaliste, comprit Dimitri. Elle s'intéressait vraiment à eux.

Aussitôt la porte de la suite refermée, elle posa son sac et ôta son manteau. On était au printemps, mais à Seattle, la température chutait dès le coucher du soleil.

Dimitri lui prit son manteau des mains et le posa sur le dossier d'une chaise pendant que Jenna regardait autour d'elle.

— Vous savez voyager, dans la famille.

Il embrassa le salon du regard. Autrefois son studio d'étudiant faisait à peine cette superficie, tout compris.

— Le niveau de sécurité dont nous avons besoin oblige à un certain luxe.

— Ah oui ? fit-elle d'un ton moqueur.

— Provoque-moi autant que tu voudras, mais à tes risques et périls, belle dame.

— Oh ! je ne suis pas une dame. Je suis une femme ordinaire et heureuse de l'être.

Lentement, Dimitri s'avança et s'arrêta à quelques centimètres d'elle, mais sans la toucher. Alors qu'il brûlait de le faire.

— Tu es tout sauf une femme ordinaire, Jenna.

— Un compliment ? Déjà ?

— Encore et toujours.

Jenna Beals était une femme extraordinaire. Il l'avait toujours pensé.

Elle était la meilleure amie de Nataliya et avait montré sa loyauté envers elle à maintes reprises. Par conséquent, Jenna ne pouvait pas être à l'origine des fuites. C'était tout bonnement impossible. Alors, ou bien elle se confiait à la mauvaise personne, ou bien elle était espionnée.

Ce soir, ses hommes profiteraient de ce qu'elle était avec lui pour fouiller la maison de Jenna afin de détecter d'éventuels dispositifs d'écoute. Dimitri se débrouillerait pour examiner le contenu de son sac.

Il était fort improbable que le téléphone de Jenna ait été trafiqué. Les visiteurs refusant de soumettre leurs portables au protocole de sécurité en vigueur au palais se voyaient confisquer leur appareil qui était enfermé dans une chambre forte sécurisée pendant toute la durée de leur visite.

À sa connaissance, Jenna n'avait jamais refusé de faire équiper son téléphone des logiciels de sécurité les plus performants, ni de le soumettre au protocole de sécurité lors de chacune de ses visites au palais.

— Tu as une drôle d'expression.

Dimitri se secoua mentalement.

— Tu trouves ? C'est peut-être parce que je meurs d'envie de t'embrasser, tout simplement ?

Il ne mentait pas. Même si Konstantin ne le lui avait pas demandé, il aurait fini par se rapprocher de Jenna tôt ou tard. Parce que le désir qu'il éprouvait pour elle n'avait fait que croître au fil des années.

Lors de leurs rencontres au palais, il n'avait jamais fait la moindre tentative de rapprochement. Il jugeait cela déplacé. Il n'avait jamais amené de femme au palais, ni n'en avait choisi aucune parmi les invitées qui y séjournaient en même temps que lui.

Jamais Dimitri n'aurait pris le risque de provoquer un scandale. Chacun à leur façon, lui et ses frères avaient déjà causé suffisamment de remous au sein de la maison royale.

Il n'avait pas l'intention de voir sa photo étalée dans la presse people.

— Tu recommences.

— De quoi parles-tu ?

— Tu penses à des choses désagréables.

— Comment le sais-tu ? demanda-t-il, surpris par la perspicacité de Jenna.

Le contrôle de ses émotions et de ses expressions lui avait été inculqué dès le berceau.

— Je le vois à cette expression.

— Quelle expression ?

Elle soupira.

— Celle que tu avais il y a un instant.

— Je ne l'ai plus ?

— Non. Tu as l'air irrité, maintenant.

— Je le suis.

Et elle le sentait. Incroyable. Il savait mieux se contrôler que ça, bon sang.

— Pourquoi ?

— Cela me déplaît d'être aussi transparent, dit-il avec franchise.

— Oh ! mais je te connais depuis longtemps, répliqua Jenna d'un ton rassurant. Alors j'ai appris à interpréter tes expressions, forcément.

— C'est ce qu'on dirait.

Même ses frères ne savaient pas aussi bien lire en lui.

— À quoi pensais-tu ?

— Tu préfères qu'on parle, ou qu'on s'embrasse ?

Elle roula des yeux.

— On ne peut pas faire les deux ?

Parfait. Elle n'avait pas dit qu'elle ne voulait pas l'embrasser.

— Très bien. Je pensais que mes frères et moi avions bien bousculé la réputation de notre famille.

— Tu ne peux pas en vouloir à Konstantin d'avoir ignoré l'existence de son fils.

Dimitri retint un soupir. Elle voulait vraiment parler.

— Non. Tu veux boire quelque chose ? demanda-t-il en se dirigeant vers le bar.

— Je veux bien un whisky.

— Pas de Spritz au vin blanc ?

Cela semblait être la boisson préférée des femmes de la famille, ces temps-ci.

— Si je prenais le volant après, je ne dirais pas non, mais comme ce n'est pas le cas...

— Tu n'es pas nerveuse, j'espère ? demanda-t-il, contrarié par cette éventualité.

— Tu crois que j'ai besoin d'alcool fort parce que j'ai le trac ? s'exclama-t-elle en riant, en même temps qu'elle se déchaussait et repoussait ses sandales du bout du pied.

Son rire fusa en lui, électrisant.

— Pas du tout, poursuivit-elle. J'ai appris à aimer le whisky lors d'un déplacement professionnel à Édimbourg.

— Dans mon esprit, Édimbourg et mode ne sont pas vraiment synonymes.

— Ne sois pas snob, répliqua-t-elle en s'installant sur le sofa.

Elle replia les jambes d'un côté et les serra contre elle.

— L'univers de la mode ne se limite pas à New York, Milan et Paris, je t'assure.

Après avoir versé du whisky de dix-huit ans d'âge dans deux verres, Dimitri vint s'asseoir à côté d'elle et lui en tendit un.

— Je crois qu'avant que cette nuit soit terminée, tu découvriras beaucoup de choses que tu ignores encore, ajouta-t-elle.

D'après le regard qui accompagna ces paroles, elle ne parlait pas de ses préférences en matière de boisson.

— Je suis impatient de les découvrir, dit-il en souriant.

— Alors, si pour toi Konstantin n'est pas responsable du scandale qu'il a provoqué dans la famille, en veux-tu à Nikolaï ?

— Je n'en veux à personne. Ce qui est arrivé est arrivé. On n'y peut rien.

— Vraiment ? Tu n'en veux à *personne* ? demanda-t-elle d'un ton incrédule.

— Tu penses à Tiana ?

La première épouse de Nikolaï avait fait beaucoup de tort à ses deux frères en agissant à leur insu dans le seul but d'arriver à des fins toutes personnelles.

Lesquelles consistaient à éviter à tout prix la maternité. Et les responsabilités.

— C'était un sacré phénomène, celle-là, fit Jenna avec dédain. Non, je pensais à Galena.

— Je ne parle jamais d'elle, répliqua Dimitri en fronçant les sourcils.

Son ex-fiancée appartenait à son passé, sur lequel il n'avait aucun désir de revenir.

— Le père de Nataliya a sa part de responsabilités dans la façon dont ta famille a été traitée par les tabloïds, dit Jenna.

— C'est vrai, mais Nikolaï lui a vite pris la vedette.

— Ton frère est un homme intelligent. La preuve : il a épousé Nataliya.

— C'est l'acte le plus sensé qu'il ait fait de sa vie, acquiesça Dimitri.

— Mais quand elle a accepté d'épouser un roi, répliqua Jenna, j'ai cru qu'elle avait perdu la tête.

Il éclata de rire.

— Ils ont deux enfants et un pays en commun, à présent.

— Nataliya souhaite avoir d'autres enfants. Elle ne veut pas rester sur cette horrible fausse couche.

— Tu sais qu'elle est enceinte ?

— Évidemment ! Qui crois-tu qu'elle ait appelé en premier ?

— Sa mère ?

— OK, répondit Jenna avec un petit sourire en coin. Oui, peut-être. Mais elle me l'a dit, bien sûr.

— Vous êtes très proches, elle et toi.

— Je l'aime autant que j'aime mon frère et ma sœur.

— J'ai du mal à imaginer que je pourrais faire autant confiance à un ami, ou une amie, qu'à mes frères.

— Et tes frères d'armes ?

Dimitri secoua la tête.

— Remettre sa vie entre les mains d'un homme, ce n'est pas la même chose que lui confier ses secrets.

— On a des secrets, Altesse ? Raconte.

— Jamais de la vie ! s'exclama-t-il en riant.

— Parce que je ne fais pas partie de la famille ?

— Tu en fais autant partie que Nataliya et Emma.

— Vous êtes amis depuis des années, Nataliya et toi. Elle m'a raconté que tu lui envoyais des SMS quand tu étais à l'université.

— Oui, c'est vrai. Elle a réussi à convaincre Nikolaï et mon père de me laisser prendre une année sabbatique.

— Mais tu ne lui confierais pas tes secrets ?

— Je n'ai pas pour habitude de me confier à quiconque.

— Même pas à tes frères ?

— Si, jusqu'à un certain point.

Dimitri n'avait jamais parlé à personne de ce qu'il avait vécu au combat. Les deux hommes qui avaient partagé cette expérience avec lui n'étaient pas revenus de leur dernière mission.

— Et Galena ? Je ne te demande pas de me raconter votre relation en détail, bien entendu. Je voudrais juste savoir s'il t'arrivait de te confier à elle.

En vérité, il n'avait vraiment pas envie de parler de son ex-fiancée alors qu'il était assis à côté de la femme qu'il désirait depuis des années.

— Tu fais une fixation, ou quoi ? Pourquoi cette insistance à me demander avec qui je partage mes secrets ?

— Parce que nous avons tous besoin d'avoir quelqu'un à qui nous confier, et que ça m'inquiète de savoir que tu n'as personne.

— Tu crois peut-être que la femme qui m'a trompé et qui s'est enfuie avec un autre pendant que j'étais à l'hôpital aurait été la confidente idéale ? lança-t-il, sidéré par la réponse de Jenna.

C'était tout elle. En dépit de son penchant pour la critique et l'ironie, elle s'intéressait réellement aux autres.

— Non, c'est évident. Mais le fait que tu ne l'aies pas jugée digne de confiance alors que tu l'avais choisie pour devenir ta femme en dit long.

Que sous-entendait-elle par là, au juste ? Mais, peu importait. Dans l'immédiat, il s'en fichait complètement.

— Je me demande comment nous avons pu nous embarquer dans cette discussion...

— Alors que tu ne désires qu'une chose : une bonne séance de gymnastique en chambre ? répliqua-t-elle avec un sourire malicieux.

— Une bonne séance ? Une séance *fantastique*, tu veux dire.

Le sourire de Jenna devint franchement provocateur.

— Je n'ai rien contre.

4

Dimitri la prit dans ses bras, comme il brûlait de le faire depuis bien plus longtemps qu'il ne se l'avouait.

— Moi non plus, murmura-t-il.

Mais Jenna n'attendit pas qu'il l'embrasse. Elle lui referma les bras autour du cou et l'attira vers elle avant de presser ses lèvres contre les siennes en se serrant contre lui.

Ce n'était pas un baiser timide mais du sexe à l'état brut. Dimitri n'avait pas ressenti une telle fièvre depuis l'époque où il était encore à l'université.

Le sexe faisait partie de la vie. Il était aussi indispensable que délectable.

Jenna grimpa sur ses genoux et reprit sa bouche avec la passion dont il avait rêvé. Au sens littéral du terme. Il avait rêvé de cette femme, se réveillant excité et brûlant pour elle d'un désir jamais assouvi. Il avait rêvé des centaines de fois de Jenna s'abandonnant ainsi dans ses bras.

Ils ne prirent pas le temps de gagner la chambre mais se déshabillèrent fébrilement l'un l'autre là, dans le salon de sa suite. Elle avait des seins magnifiques et pleins, et dont les pointes rose tendre étaient une véritable invite à la luxure.

Quand il en prit une entre ses lèvres, Jenna poussa un cri de plaisir et ondula des hanches. Dimitri bandait comme un fou. Le frottement de son érection contre le sexe offert lui arracha une plainte rauque.

Il fallait mettre un préservatif. Immédiatement.

Au même instant, elle haleta et eut un sursaut.

— Préservatif, dit-elle, le souffle court. J'en ai un dans mon sac.

Dimitri ne demanda pas pourquoi. Ils avaient su tous les deux comment se terminerait cette soirée.

— Dépêche-toi.

Elle posa les pieds sur le sol et se précipita vers son sac, fouilla dedans en laissant tomber des objets sur la table, avant de brandir ce qu'elle cherchait.

— Le voilà !

— Apporte-le.

— Quelle autorité ! fit-elle en roulant des yeux.

Mais elle s'exécuta et traversa rapidement la pièce.

— Donne.

— Non, c'est moi qui te le mets.

— Si tu fais cela, tout risque d'être terminé avant d'avoir commencé.

Jamais il n'aurait fait un tel aveu à une autre. Mais il savait que Jenna n'y verrait pas un signe de faiblesse ni un manque de virilité.

— Fais-le, alors.

— Qui est autoritaire, maintenant ? fit-il, agacé de voir que sa main tremblait tandis qu'il déchirait le sachet.

Dès qu'il l'eut enfilé, en retenant une plainte, Jenna regrimpa sur ses genoux sans lui demander son avis.

Dimitri dut faire appel à tout son contrôle pour attendre qu'elle le prenne en elle. Avec une lenteur insoutenable, elle se laissa couler sur son érection, tout en poussant de petits cris sexy qui faillirent avoir raison de lui, à tel point qu'il commença à réciter l'alphabet cyrillique à l'envers dans sa tête.

Jusqu'à ce qu'il se redresse et attire Jenna contre lui pour mieux s'enfoncer en elle. Ils poussèrent tous deux un gémissement.

— C'est si bon. Pourquoi est-ce aussi bon avec toi ? demanda-t-elle dans un souffle.

Que lui répondre ? C'était fantastique, point final.

Ils commencèrent une danse aussi ancienne que le monde, leurs corps se mêlant et ondulant dans une harmonie parfaite, ponctuée de halètements et de plaintes.

— Oui, oui... Plus fort ! Plus vite !

Dimitri obéit et accéléra la cadence en même temps qu'il aidait Jenna à basculer les hanches vers lui pour pouvoir s'enfouir encore plus profondément en elle.

Ses cris l'encourageaient, l'enivraient. Il criait aussi, lui promettait qu'ils allaient bientôt jouir tous les deux, lui disait qu'elle était parfaite, et le genre de bêtises qu'il n'aurait jamais dites s'il avait été dans son état normal.

Brusquement, elle fut parcourue de spasmes. Dimitri sentit ses muscles intimes se contracter autour de lui. Après leurs ébats bruyants, l'orgasme de Jenna lui parut silencieux. Une expression extasiée empreignit son visage. Jamais il n'avait rien vu d'aussi beau. Puis il céda à son tour à la jouissance en la serrant contre lui.

Il la serrait trop, mais il ne pouvait se résoudre à la lâcher tandis qu'il jouissait en elle pour la première fois. Jenna le tenait elle aussi, presque aussi fort, le visage blotti dans le creux de son épaule.

— C'était fichtrement bon, pour une première fois, un long moment après.

Le rire de Jenna se propagea dans son pénis encore enfoui en elle.

— Tu es prêt pour une deuxième ? demanda-t-elle en souriant. Tant mieux. La première a été beaucoup trop rapide.

— Nous n'avons rien fait pour ralentir le rythme.

— Non, c'est vrai.

Il se dégagea délicatement pour ne pas perdre le préservatif.

— Nous ne sommes même pas allés jusqu'au lit, dit Jenna en se levant. Le sofa a été parfait, je trouve. On pourrait peut-être le réutiliser.

— Bonne idée, mais que dirais-tu du jacuzzi ?

Combien de fois avait-il rêvé de lui faire l'amour dans l'eau ?

— Il y en a un dans ta suite ? C'est vraiment la classe...

— Pas dans ma suite à proprement parler, mais la piscine de la terrasse et le jacuzzi sont réservés à mon usage personnel lorsque je suis ici.

— Je croyais qu'il y avait une piscine au rez-de-chaussée.

— Il y en a une, en effet.

— Et une autre sur la terrasse ? demanda-t-elle en se dirigeant vers la salle de bains.

Dimitri se leva, les jambes un peu tremblantes.

— Accessible uniquement aux hôtes du dernier étage.

— Ah, je vois, dit Jenna en réapparaissant, enveloppée dans l'un des peignoirs blancs fournis par l'hôtel.

Elle lui tendit celui qu'elle tenait dans une main.

— Mes hommes occupent la suite voisine, répliqua-t-il en l'enfilant. Ils peuvent utiliser la piscine quand je n'y suis pas.

— Ah oui ? fit-elle avec une petite moue.

— Pourquoi cette moue ? Tu sais comment nous traitons le personnel, dans ma famille.

— Avec la plus grande considération, oui, je sais. Tu leur as donc dit qu'ils pouvaient utiliser la piscine.

— Non, pas ce soir. Je pensais que tu apprécierais un petit bain de minuit.

— Nous serons à l'abri des regards curieux ?

— Rien à craindre de ce côté-là. Les caméras de sécurité du dernier étage et de la terrasse ont été désactivées pour la durée de mon séjour. Des mesures de sécurité personnelles ont été prises.

— Ça représente un sacré travail.

— Aurais-tu oublié qu'en plus d'être au pouvoir, ma famille est à la tête d'une entreprise qui vaut des milliards ?

— Hum..., se contenta-t-elle d'acquiescer du bout des lèvres.

Dimitri lui prit la main et l'entraîna vers l'escalier privé conduisant à la terrasse. La moitié de la piscine était couverte, l'autre exposée aux éléments. Le jacuzzi se trouvait à l'extérieur et l'on voyait la vapeur monter au-dessus de l'eau dans l'éclairage doré qui baignait l'ensemble, telle une oasis perchée au-dessus de Seattle qui s'étalait de tous côtés en un paysage nocturne féerique.

— C'est beau, dit Jenna.

— Et tout à nous.

Jenna n'arrivait toujours pas à croire qu'elle se trouvait là. Avec Dima. L'homme qui l'attirait irrésistiblement depuis des années mais qu'elle avait cru inaccessible à tout jamais. Or ils étaient dans cet endroit incroyable tous les deux, à moitié nus, prêts à se livrer à des étreintes torrides dans un endroit coupé du monde.

— Si ton but était de m'impressionner, c'est réussi, dit-elle à Dima.

— Ravi de l'apprendre, répliqua-t-il en la faisant tourner vers lui avant de glisser les mains sous son peignoir. Maintenant, dis-moi. C'est à cause du sexe fabuleux que nous venons de partager, ou de cette superbe piscine ?

— La piscine ne serait pas grand-chose sans le sexe incroyable de tout à l'heure, répondit Jenna, troublée par les mains posées sur sa peau nue.

Il pencha la tête et, tout en dénouant la ceinture de son peignoir, lui donna un baiser délicieux.

Le peignoir glissa sur ses épaules et se répandit bientôt autour de ses pieds. Il y avait quelque chose de terriblement décadent à être là, nue sur la terrasse et sachant que personne ne pouvait les voir.

Impatiente de sentir sa peau contre la sienne, elle tira sur le peignoir de Dima. Il se laissa faire et l'attira contre lui, puis la souleva par les hanches tandis que Jenna refermait d'instinct les jambes autour des siennes.

Son sexe frémit au contact de la puissante érection. Elle pressa son clitoris contre le membre excité, savourant les ondes de volupté qui se répandaient en elle.

Dima émit une sorte de grondement rauque, qu'elle savoura tout autant. Le prince sophistiqué avait disparu, laissant place à un amant affamé. Il se laissait complètement aller. Et Jenna adorait le voir ainsi.

Quand il se mit à marcher, elle ne se soucia pas de savoir où il l'emmenait. Lorsqu'elle sentit l'eau entourer ses pieds, elle haleta contre la bouche qui dévorait la sienne. Une seconde plus tard, la partie inférieure de son corps se retrouvait immergée dans l'eau tiède.

— Qu'est-ce que tu fais ? murmura-t-elle en redressant la tête.

— Tu as vraiment besoin de le demander ?

Jenna baissa les yeux sur l'eau qui lui arrivait maintenant à la poitrine.

— Tu veux qu'on nage ?

— Pas exactement, mais nous pourrons le faire plus tard, dit-il avec un sourire carnassier.

— Plus tard ?

Il ne pensait tout de même pas faire des galipettes dans l'eau ?

— Oui, après ce petit interlude.

Joignant le geste à la parole, il commença à la caresser.

— Laisse-toi faire. Allonge-toi et laisse-toi porter par l'eau. Tu vas adorer.

Jenna le laissa l'allonger sur le dos, ses tétons gonflés et mouillés frissonnant dans l'air frais de la nuit.

Lentement, les grandes mains expertes se promenèrent sur son corps, explorant le moindre relief, le moindre creux, les longs doigts prodiguant des caresses aussi savantes à ses mollets qu'à ses seins. Quand il se pencha pour prendre un mamelon durci entre ses lèvres, Jenna retint un cri.

— Et toi ? Je devrais te caresser aussi. Non ?

— Ne t'en fais pas. Je prends mon plaisir en te caressant.

Le temps sembla s'arrêter. Elle flottait sur le dos, offerte aux merveilleuses caresses de son amant qui lui répétait qu'elle était sexy, qu'elle était belle… Lorsque tout à coup, elle se rendit compte qu'il l'avait ramenée au bord du bassin.

Dima enlaça les doigts aux siens et les guida jusqu'à ce qu'elle puisse s'accrocher au rebord.

— Tiens-toi bien.

— Ne me noie pas, dit-elle d'une voix rauque, gagnée par un mélange de crainte et d'excitation insensé.

— Il n'y a pas de danger.

Sur ces mots, il se laissa glisser dans l'eau et vint se positionner entre ses jambes, le membre ferme pressé contre son sexe. Puis il demeura immobile, comme envoûté. Ou comme s'il attendait qu'elle le supplie. Ce que Jenna faillit faire, avant de reprendre brusquement ses esprits.

— Préservatif !

Il poussa un juron mais ne bougea pas.

— Tu prends la pilule ?

— J'ai un stérilet, mentit-elle spontanément. Mais je ne fais jamais l'amour sans préservatif.

— Moi non plus, répliqua-t-il après un léger silence.

Ils étaient si excités tous les deux que s'interrompre maintenant serait douloureux, mais ils n'en demeuraient pas moins lucides. Ils savaient ce qu'ils faisaient, mentalement et charnellement.

Et Dima ne lui ferait jamais courir aucun risque. Jenna en était absolument convaincue. Elle avait confiance en lui.

— Je suis saine de corps et d'esprit, dit-elle avec une pointe d'humour en écartant les cuisses dans l'eau.

— Je n'en ai jamais douté.

Le désir étincelait dans ses yeux gris, mais Dima restait immobile, presque rigide.

— Alors, viens, murmura Jenna.

Il s'enfonça puissamment en elle, dans son sexe et dans les profondeurs de son cœur. Pensée absurde rejetée illico.

Son corps était ballotté par l'eau mais Dima contrôlait l'intensité et le rythme de ses coups de reins. Impossible de le caresser. Si elle avait essayé de bouger, elle aurait lâché le rebord et risqué de basculer dans l'eau.

— Laisse-toi aller, Jenna. Savoure...

Fermant les yeux, elle obéit et se laissa aller complètement, s'en remettant totalement à lui.

Jusqu'à ce que la jouissance l'emporte, vague après vague.

Un cri franchit les lèvres de Dima tandis qu'il jouissait à son tour. Était-ce bien vrai que personne ne les entendait ? Terrasse sécurisée ou pas, ils étaient *dehors*.

Son amant l'emporta vers la douche et là, ils s'enduisirent l'un l'autre de savon tout en s'embrassant.

Et plus tard, quand elle fut étendue à côté de lui, Jenna s'avoua qu'elle se sentait merveilleusement bien à la perspective de passer la nuit dans son lit.

Lorsqu'il fut certain que Jenna dormait profondément, Dimitri se glissa hors du lit et gagna le salon sans faire de bruit avant de refermer doucement la porte derrière lui.

Il s'assit sur le sofa et vit le sac dont presque tout le contenu était répandu sur la table basse. Il commença à examiner les objets un par un. À vrai dire, il ne s'attendait pas à trouver quoi que ce soit de louche dans le sac de Jenna. Aussi laissa-t-il échapper un juron étouffé en découvrant un dispositif électronique d'enregistrement ultra-sophistiqué habilement incorporé dans sa coque de téléphone portable.

Cela expliquait beaucoup de choses. Jenna utilisait ce téléphone quand elle échangeait des appels vidéo avec Nataliya. Dimitri l'avait vue faire. Même quand elles se trouvaient toutes les deux au palais, elles s'appelaient lorsque l'emploi du temps permettait à Nataliya de répondre à un appel, mais pas de s'échapper pour aller rejoindre son amie.

Dimitri fronça les sourcils. Il était content d'avoir trouvé le dispositif, mais Jenna serait anéantie quand elle saurait que quelqu'un l'espionnait.

Il sortit les quelques menus objets restés dans le sac et les analysa minutieusement. Rien de suspect. Ensuite, il examina le sac lui-même et sa colère monta d'un cran quand il découvrit un autre dispositif inséré dans une boucle réglant la longueur de la bandoulière. Combien de ses affaires personnelles avaient-elles été trafiquées ainsi, bon sang ?

— Qu'est-ce que tu fais ?

La voix de Jenna le fit sursauter. Comment avait-il pu ne pas l'entendre se lever ? Ouvrir la porte ?

— Tu t'es réveillée, dit-il gauchement en se retournant vers elle.

— Et tu n'étais plus là, répliqua-t-elle, le front plissé. Pourquoi toutes mes affaires sont-elles sur la table ? Je sais que j'en ai fait tomber en cherchant le préservatif, mais...

Elle battit des paupières, l'air confuse. Dimitri contempla les cheveux ébouriffés, le corps superbe aux courbes affolantes. Elle sortait de *son* lit... Cette simple pensée mit sa libido en feu.

— Nous en parlerons plus tard, *maïa milaïa*. Tu es fatiguée, et nous avons mieux à faire que de parler.

— De quoi devons-nous parler, au juste ? s'exclama-t-elle, l'air plus du tout endormie. Et depuis quand suis-je *ta chérie* ?

Il l'avait appelée *sa chérie* ? Dimitri repensa à ce qu'il venait de dire et réalisa avec stupeur qu'il avait bel et bien prononcé ces mots, en effet.

— Il n'y a rien d'exceptionnel à appeler *chérie* la femme avec qui je viens de faire l'amour deux fois.

Jenna se mordit la lèvre mais acquiesça d'un hochement de tête.

— OK, mais j'aimerais savoir de quoi nous devons parler sérieusement.

— J'ai dit *sérieusement* ? fit-il en haussant un sourcil.

— Non, mais si ce n'était pas sérieux, tu m'aurais déjà remmenée au lit en m'expliquant pourquoi tu fouillais dans mon...

Il leva la main et secoua la tête pour l'interrompre, tout en se maudissant intérieurement. Il avait dit qu'ils avaient fait l'amour, bon sang ! Si la personne espionnant Jenna était à l'écoute, elle était au courant, maintenant.

Mais ce qui ennuyait le plus Dimitri, c'était la conversation qu'il allait avoir avec Jenna.

— Si tu veux que nous parlions maintenant, va mettre un peignoir. Parce que sinon, j'aurai du mal à me concentrer.

Elle le regarda en plissant les yeux, mais regagna la chambre et revint un instant plus tard en nouant la ceinture de son peignoir. Dimitri referma la porte du coffre-fort où il avait déposé le sac et le support, dans le compartiment en plomb empêchant toute transmission électronique.

— C'est valable pour toi aussi, dit Jenna en lui lançant le peignoir qu'elle tenait sous son bras.

Retenant la réplique qui lui montait aux lèvres, il enfila le peignoir, furieux malgré lui de devoir s'occuper de cette histoire avant de pouvoir retourner au lit avec Jenna.

— Pourquoi as-tu mis mes affaires dans le coffre-fort ?

— Tu as acheté le support pour téléphone, ou il t'a été offert ? demanda-t-il au lieu de répondre à sa question.

— On me l'a donné. Maintenant, explique-moi pourquoi tu as mis mon sac et le support dans ce coffre-fort, insista-t-elle en le regardant droit dans les yeux.

Inutile de tourner autour du pot.

— Ils contenaient tous les deux des dispositifs d'écoute.

— Comment ça, des dispositifs d'écoute ?

— Des micros high-tech minuscules.

— Je sais ce que c'est qu'un dispositif d'écoute, répliqua-t-elle avec calme. Ce que je ne comprends pas, c'est que tu en aies trouvé dans mon sac et mon support de téléphone.

— Quelqu'un t'espionne.

Le beau visage de Jenna blêmit.

— Non. Ce n'est pas possible.

— Si, malheureusement.

— Mais comment l'as-tu su ?

Konstantin s'attendait sans aucun doute à ce qu'il mente, mais Dimitri savait que, comme eux, Jenna ne prendrait jamais le risque de causer du tort à Nataliya. Elle n'appellerait pas sa meilleure amie aussitôt qu'ils auraient terminé cette conversation. Aussi lui parla-t-il des fuites, avant de lui expliquer que Konstantin était certain qu'elles étaient liées d'une façon ou d'une autre à elle.

— Tu veux dire qu'il pensait que c'était moi qui divulguais des infos confidentielles concernant ta famille et Mirrus Global à la presse ? demanda-t-elle lentement.

— Il ne pensait pas qu'il s'agissait de toi personnellement, mais il savait que cela passait par toi d'une façon ou d'une autre, oui. Et il avait raison.

— Tu pensais que c'était moi et tu as couché avec moi ?

Cette fois, elle avait presque crié.

— Bien sûr que non. Si j'avais pensé que c'était toi, la coupable, je n'aurais pas fouillé ton sac, ni fait fouiller ta maison par mes hommes. Nous aurions...

— Tu as envoyé des inconnus chez moi ? l'interrompit-elle avec colère. Comment ont-ils fait pour entrer ?

Dimitri se contenta de la regarder.

— Je vois. Ils font ce qu'ils veulent.

Elle regarda autour d'elle, l'air soudain horrifiée.

— Je n'arrive pas à croire que tu aies pu demander à des étrangers de tripoter mes affaires sans m'en parler d'abord.

— Ce ne sont pas des étrangers. Il s'agit des hommes chargés d'assurer ma sécurité personnelle. Tu les as déjà rencontrés. Tu as discuté avec eux.

— Oh ! merci. Je me sens beaucoup mieux, rétorqua-t-elle d'un ton sarcastique.

— Jenna, si tu voulais bien regarder la situation de façon rationnelle, tu verrais que j'ai choisi le meilleur plan d'action.

— Non, non, non, non ! déclara-t-elle en secouant la tête. Tu ne peux pas me dire que tu as couché avec moi pour savoir si j'étais une espionne et que c'était la meilleure chose à faire.

— Tu te trompes complètement. J'ai couché avec toi parce que je te désire. Et tu me désires aussi, ne dis pas le contraire.

— Tu t'es servi de mon désir pour me garder ici pendant que tes hommes fouillaient ma maison.

Ce n'était pas entièrement faux, mais pas entièrement vrai non plus.

— Nous en avions tous les deux assez de nous tourner autour sans jamais passer à l'acte. Reconnais-le.

À en juger par l'expression qui envahit les traits de Jenna, il aurait mieux fait de se taire.

Et quoi qu'il dise maintenant, il ne pourrait que s'enferrer encore plus dans cet horrible malentendu.

5

Il pensait que le désir qu'ils éprouvaient l'un pour l'autre justifiait tout ? Que cela l'excusait de l'avoir gardée chez lui pendant que ses hommes fouillaient sa maison ?

Jenna avait envie de vomir.

— Tu n'as pas l'air bien. Assieds-toi, je vais te chercher un cognac. Je savais que tu serais anéantie en apprenant que...

— Je n'ai même pas encore commencé à y penser ! Je suis furieuse et blessée que tu te sois servi de mon désir pour en avoir le cœur net à propos de cette histoire sordide. Je te faisais confiance !

— Tu peux toujours me faire confiance, répliqua-t-il en fronçant les sourcils.

— Non. C'est terminé.

— N'en fais pas un drame, Jenna. Rien n'a changé entre nous parce que je t'ai appris ce qui se tramait à ton insu.

— Tu as dit que quelqu'un m'espionnait.

— Oui. J'ai trouvé deux dispositifs d'écoute. Je ne sais pas où en sont mes hommes, mais il y a une forte probabilité qu'il y en ait d'autres dans des objets que tu utilises fréquemment.

Gagnée par une nausée horrible, Jenna se précipita vers la salle de bains et se pencha au-dessus du lavabo en se retenant de vomir.

Elle sentit un tissu frais se poser sur sa nuque puis une main chaude lui masser doucement le dos.

— Ne me touche pas, dit-elle entre ses dents.

Dima recula et sortit de la salle de bains. À la fois furieuse et reconnaissante qu'il soit parti aussi facilement, Jenna se passa de l'eau froide sur le visage en s'efforçant d'apaiser les émotions qui faisaient rage en elle.

Comment avait-il pu se servir d'elle ainsi ? Comment lui et Konstantin avaient-ils pu la croire capable de trahir leur confiance ? Leur famille ? Nikolaï était-il au courant ?

Elle considérait cette famille comme la sienne depuis des années. Et ils croyaient qu'elle aurait pu trahir Nataliya qui était pour elle aussi proche qu'une sœur ? Jenna ne ferait jamais de mal à Nataliya, ils auraient bien dû le savoir.

Et puis, elle était une journaliste de mode et travaillait pour un magazine sérieux, pas un paparazzi bossant pour la presse de caniveau.

Lorsqu'elle sortit de la salle de bains, elle tomba sur Dima, qui lui tendit un verre de cognac.

— Bois. Tu en as besoin.

Jenna l'ignora et le contourna en veillant à ne pas le frôler, et partit à la recherche de ses vêtements. Elle les trouva épars sur le sol du salon, les ramassa rapidement en pestant à voix basse contre ces sales princes méfiants et arrogants.

— J'ai confiance en toi. C'est pour cela que j'ai envoyé mes hommes fouiller ta maison.

Folle de rage et profondément blessée, elle fit volte-face.

— Confiance ? Tu appelles ça de la *confiance* ? Si tu avais eu confiance en moi, tu m'aurais parlé de ce qui se passe.

Il la regarda, l'air stupéfait.

— Je t'en ai parlé.

— Oui, quand je t'ai trouvé en train de fouiller dans mon sac. Ce qui est, pour bon nombre de femmes, une marque flagrante de manque de confiance, je te signale.

— Excuse-moi. Je ne voulais pas t'offenser.

— Tu te moques de moi ? Non seulement tes excuses sont complètement bidon, mais tu n'as pas fait que m'offenser, tu m'as blessée !

— Ce n'était pas mon intention. Tu dois bien le savoir.

— Non, je ne le sais pas. Je crois que tu n'as pas pris *du tout* mes sentiments en considération. Alors, tes *intentions*, tu peux te les garder !

— J'envisageais de tout te dire demain matin, dit-il d'un ton exagérément patient.

— Ce n'est pas en me parlant comme si tu t'adressais à une gamine de sept ans que tu vas te sortir du guêpier où tu t'es fourré, riposta Jenna en le foudroyant du regard.

Comment pouvait-il être aussi beau alors qu'il venait de sortir du lit ? ne put-elle s'empêcher de se demander. De son côté, elle était affreuse. Elle avait les cheveux dans tous les sens, il ne restait plus rien de son maquillage...

Et alors ? Dima avait beau être somptueux, il n'en était pas moins une brute.

— Tu n'es qu'un *prince*, un type gâté et hypocrite.

— Il n'y a rien de mal à être prince.

— Ce n'est évidemment pas toi qui diras le contraire, Altesse.

— Cesse de m'appeler Altesse. Je n'aime pas cela.

— Je me fiche éperdument que tu aimes ou n'aimes pas !

— Tu es très en colère.

— Et blessée.

Une lueur de regret passa dans ses yeux gris.

— Je suis sincèrement désolé de t'avoir blessée.

— Ah, c'est déjà mieux. Mais je ne te pardonne pas, parce que tu t'es cru autorisé à faire ce que tu as fait. Et tu continues à penser que tu n'as rien fait de mal en te servant de mon désir pour me retenir ici pendant que tu faisais fouiller ma maison. Sans parler du fait que toi et ton frère avez pu me soupçonner d'avoir trahi la confiance de Nataliya.

— Je ne te soupçonne pas, répliqua-t-il avec un accent sincère dans la voix.

Mais c'était trop tard. Le mal était fait.

— Plus maintenant, parce que tu as trouvé les micros.

Jenna secoua la tête.

— Vous avez pensé, toi et Konstantin, que je pourrais avoir trahi Nataliya. Et Nikolaï ?

Son expression répondit pour lui.

— Je suis certain qu'il n'y croyait pas non plus, mais nous devions vérifier.

— Et tu t'es débrouillé pour fouiller dans mon sac.

— C'est vrai. Mais je savais que tu n'étais pas coupable, et je sais que mes frères ne l'ont jamais vraiment...

— Peu importe.

Assez parlé. Ce qui était fait était fait et tout ce qu'il pourrait dire ne changerait rien à la souffrance qui lui étreignait la poitrine.

Jenna rentra dans la chambre et ferma la porte à clé derrière elle, puis s'habilla à la hâte, mais sans remettre ses bijoux. Elle les prit pour les glisser dans son sac avant de réaliser qu'elle n'avait plus de sac. Il était enfermé dans le coffre-fort de la suite. Regardant autour d'elle, elle aperçut une sacoche en cuir.

La soulevant, elle l'ouvrit et vit qu'elle contenait des dossiers. Il s'agissait de documents professionnels pour la plupart. Étrange que Dima n'utilise pas une mallette fermant à clé... Toute interrogation de ce genre s'envola en fumée quand elle découvrit un dossier... sur elle.

Un dossier complet, avec des infos détaillées sur toute sa famille, y compris son frère décédé.

Toutes les personnes avec qui elle avait travaillé, tous ses amis et amies, connaissances, étaient répertoriés, ainsi que les noms des hommes avec qui elle était sortie depuis un an et demi, accompagnés d'un bref topo les concernant. Jenna apprit que l'un d'entre eux lui avait menti sur sa profession et son état matrimonial – il était divorcé et non célibataire endurci. Ces mensonges ne la surprirent pas. Ce type avait quelque chose de pas net. De pas sincère.

Des coups impérieux furent frappés à la porte.

— Tu sors bientôt ?

Elle s'avança vers la porte, la déverrouilla, puis l'ouvrit toute grande et carra les épaules.

— J'ai trouvé le dossier sur moi.

— Tu as fouillé dans mes affaires ? demanda-t-il, l'air scandalisé.

Ça alors ! Jenna éclata de rire. D'un rire cynique et amer.

— Vraiment ? Tu crois t'en sortir comme ça ?

— Ce n'était pas la peine de fouiller. Tu n'avais qu'à m'interroger, je t'aurais dit tout ce que tu voulais savoir.

— Je pourrais te rétorquer la même chose. Sauf que je ne cherchais pas de réponses à des questions que je me posais. J'avais juste besoin d'un sac où mettre mes affaires.

— Alors tu as décidé de confisquer mon porte-documents ?

— Pourquoi ne ferme-t-il pas à clé ? Pour un prince dont la famille est obsédée par la sécurité, c'est curieux.

— Sans serrure, un porte-documents paraît plus insignifiant, et étant donné que je me déplace accompagné d'une garde rapprochée, je n'ai pas besoin de protéger mes dossiers.

— Sauf si tu invites une femme suspecte à partager ton lit.

— Tu n'es pas suspecte. Tu n'utiliserais jamais ces dossiers à des fins douteuses.

— Tu en es sûr ?

— Oui, tu le sais. Je l'étais déjà avant de chercher d'éventuels dispositifs d'écoute dans tes affaires, et je le suis encore plus maintenant.

— Mais oui, bien sûr, fit-elle d'un ton ironique.

Il la regarda en plissant le front.

— Je n'invite pas de femmes dans ma suite quand je voyage. Elles n'ont pas accès à des informations sensibles.

— Et ? Je suis censée me sentir flattée ? Spéciale ?

— Je n'en sais rien. C'est à toi de savoir comment tu te sens, mais oui, tu es spéciale à mes yeux.

Jenna leva les yeux au ciel.

— Tu fais partie de notre famille, Jenna.

— Je le pensais aussi, mais les membres d'une famille ne s'espionnent pas les uns les autres, en principe.

— Je ne t'espionnais pas.

— Comment appelles-tu cela, alors ?

— J'essayais de découvrir comment quelqu'un faisait fuiter les informations par toi.

— Tu l'as fait dans mon dos. C'est de l'espionnage.

Il s'avança vers les dossiers qu'elle avait posés à côté de la sacoche et les prit, puis les étala sur le lit.

— Tu vois ces dossiers ?

— Ce serait difficile de ne pas les voir.

— D'habitude, je trouve tes sarcasmes sexy, mais là, je m'en passerais volontiers.

— Je me serais volontiers passée de ce qui est arrivé ce soir, répliqua-t-elle.

— Je suis désolé. J'aurais peut-être dû te parler de ce que Konstantin avait découvert.

— Comment avez-vous su que quelqu'un faisait fuiter des informations concernant votre famille ?

— Il ne s'agit pas que de la famille. Cela concerne également Mirrus Global.

Dima lui expliqua ce que Konstantin avait constaté.

— Pourquoi ne s'est-il pas adressé directement à moi ?

— Il craignait de t'offenser en t'interrogeant, et que tu n'ailles tout raconter à Nataliya...

— Et il ne lui faut aucun stress en ce moment. Mais comment ton frère a-t-il pu ne pas penser que je le sais très bien ? Et que je ne prendrais jamais le risque de causer le moindre stress à Nataliya !

— Tu as raison. Nous nous sommes trompés tous les deux en envisageant, ne serait-ce qu'un instant, que tu puisses ne pas t'en rendre compte.

— Et en pensant que je pourrais être à l'origine des fuites, répliqua Jenna avec un regain de colère.

— Les fuites coïncidaient toutes avec tes rencontres avec Nataliya ou vos échanges par appel vidéo.

— Nous utilisons ce moyen au moins deux fois par mois.

— Donc nous avions raison. Quelqu'un t'espionne, dit-il, comme si cela résolvait tout.

Ce fut la goutte qui fit déborder le vase. Jenna en avait assez de cette conversation. Assez de cette soirée. Elle ne désirait qu'une chose : rentrer chez elle et être seule. Mais pouvait-elle rentrer, au moins ?

— Tu as des nouvelles de tes hommes ?

— Oui. Ils cherchent à remonter jusqu'à la source.

— Inutile. C'est Skylar qui a commandé le support et me l'a remis. Elle a accès à beaucoup de mes affaires, comme le sac que j'avais ce soir, parce qu'il fait partie des cadeaux que nous offrent les créateurs en espérant que nous en parlerons dans le magazine. Skylar s'occupe de tout ce qui m'est adressé.

— Si c'est elle, cela ne devrait pas être très difficile de la confondre, mais nous ne pouvons pas l'accuser sans preuves.

— Je veux rentrer chez moi.

— Si tu ne désires pas rester dans ma suite, permets-moi de t'en réserver une autre ici, à l'hôtel. Et si tu veux bien me donner la liste des affaires dont tu as besoin, l'un de mes hommes ira te les chercher.

— D'accord. Réserve-moi une chambre et fais apporter mes affaires. Je t'enverrai la liste par SMS. Tout sera examiné de près avant de m'être remis, je suppose.

Dima insista pour l'accompagner jusqu'à sa suite, mais elle ne lui adressa pas la parole durant le trajet.

— Jenna, dit-il avec une pointe d'agacement au moment où elle ouvrait la porte. Tu vas m'ignorer longtemps ?

Jenna se retourna et le foudroya du regard.

— Oui.

Puis elle lui tourna le dos, entra dans la chambre et lui ferma la porte au nez avant de la verrouiller.

La suite, bien plus petite que celle de Dima, était néanmoins spacieuse et équipée d'une kitchenette, qu'elle n'utiliserait pas, évidemment. Ni le salon. Jenna avait seulement besoin d'un lit et de tranquillité.

Sentant soudain ses jambes trembler, elle se dirigea vers le sofa et se laissa tomber dessus. Quelqu'un l'avait espionnée pendant au moins un an, et Dima avait beau dire qu'ils ne devaient pas tirer de conclusions hâtives, elle était quasiment certaine de la culpabilité de Skylar.

Ses conversations téléphoniques avaient été écoutées, ses rendez-vous, peut-être même ses monologues quand elle se parlait à elle-même chez elle, en faisant le ménage, par exemple, ou lorsqu'elle réfléchissait à voix haute à la mise en page d'un article.

C'était tellement abject, tellement répugnant.

Dima ne considérait cette affaire que relativement à sa famille, mais Jenna avait accès à des concepts nouveaux, des projets confidentiels, parfois des mois avant qu'ils soient rendus publics. Des individus et des entreprises qui lui avaient fait confiance en lui confiant ces informations avaient peut-être été devancés à cause d'elle, à son insu.

Brusquement, elle se souvint de la marque réputée pour son manque d'imagination qui avait sorti une nouvelle ligne de vêtements très novatrice. Et de toute évidence copiée sur celle d'une jeune créatrice qui en avait parlé à Jenna dans l'espoir qu'elle en parle dans un article.

La marque avait lancé sa collection deux semaines avant la date à laquelle la jeune créatrice devait lancer la sienne.

La jeune femme avait accusé Jenna d'avoir communiqué ses croquis à la concurrence. Ce que Jenna avait nié, évidemment. Pour la bonne raison qu'elle n'avait rien fait de tel.

Mais à présent, comment aurait-elle pu ne pas se demander si elle n'avait pas été à l'origine de la fuite ? La jeune créatrice avait perdu ses capitaux et avait été obligée de retourner travailler pour un autre créateur.

Jenna avait été désolée pour elle, même si elle pensait alors n'y être pour rien. Mais maintenant...

Quelqu'un frappant à la porte, elle alla ouvrir, croyant qu'on lui apportait ses affaires.

Mais ce n'était pas l'un des hommes de Dima qui apparut devant elle.

— Qu'est-ce que tu veux, Dima ? demanda-t-elle en fronçant les sourcils. Où sont mes affaires ?

— Tu as pleuré, bon sang ! Je savais que je n'aurais pas dû te laisser seule.

— Va-t'en.

— Je ne veux pas te laisser seule.

— Tu plaisantes, ou quoi ? Tu es arrogant, je sais, mais tu ne comprends pas que tu es la dernière personne à pouvoir me réconforter en ce moment ?

— Sois franche, Jenna. Tu ne demanderas de réconfort à personne. Tu feras face seule, comme d'habitude.

Il avait raison. Après la mort de Matt, l'aîné de la fratrie, elle avait toujours estimé qu'elle devait rester forte pour son frère et sa sœur, en toutes circonstances.

Mais elle n'allait pas le reconnaître devant Dima.

— Si tu crois me connaître aussi bien, pourquoi n'as-tu pas pensé que coucher avec moi dans un but intéressé ne pourrait que me blesser ?

— Il ne s'agissait pas d'un but mais de vrai désir, dit-il avec l'ombre d'un sourire. Mais le moment aurait pu être mieux choisi, je le reconnais.

— Ah oui ? fit Jenna d'un ton cinglant en allant se rasseoir sur le sofa.

Il eut le bon goût d'avoir l'air déconfit.

— Oui. Je sais que c'est très dur pour toi, *maïa milaïa*.

Ce *ma chérie* lui fut insupportable.

— Retourne dans ta suite, s'il te plaît, dit-elle sèchement. Je suis fatiguée, je vais me coucher.

— Tes affaires arriveront dans quelques minutes.

— Parfait.

— Jenna...

— Je t'ai demandé de t'en aller, Altesse. Alors, va-t'en.

— Ce n'est pas moi qui t'ai espionnée.

— Ah non ? Ce n'est pas toi qui as fouillé dans mon sac, peut-être ? Et qui a demandé à tes hommes de fouiller ma maison ?

— Je l'ai fait pour te protéger, comme j'essaie de protéger ma famille, notre entreprise et notre pays.

— Pour me protéger ? répéta Jenna, abasourdie.

— Oui, je ne suis pas inquiet seulement pour ma famille et Mirrus Global, *maïa milaïa*. Je me rends bien compte que…

— Cesse de m'appeler *ma chérie*.

Si elle entendait ces mots encore une fois, elle fondrait en larmes. C'était absurde, mais elle n'y pouvait rien.

— Tu comptes pour moi, Jenna.

— N'essaie pas d'être gentil, s'il te plaît.

— Je n'essaie pas d'être gentil.

On frappa de nouveau à la porte. Plus discrètement, cette fois-ci.

Elle se leva pour aller ouvrir mais Dima la devança, échangea quelques mots brefs avec le garde et revint avec son sac de voyage.

— Je suis capable d'ouvrir une porte, lui fit remarquer Jenna.

— Ai-je insinué le contraire ? répliqua-t-il en haussant les sourcils.

— Laisse tomber. Je suis fatiguée, et puisque mes affaires sont arrivées, je vais me coucher.

— Oui, bien sûr.

Mais il resta là avec son sac à la main.

— Je ne veux pas te laisser seule.

— Je passe la plupart de mes nuits seule.

— Ce n'est pas une nuit comme les autres.

Non, elle avait connu le meilleur sexe de sa vie, avant d'apprendre une horrible nouvelle. Elle avait vécu pire, mais apprendre que Dima avait couché avec elle avec une idée derrière la tête, et qu'elle était espionnée depuis plus d'un an, ça faisait vraiment beaucoup.

Il alla déposer son sac dans la chambre avant d'en ressortir aussitôt, l'air malheureux. Il ne s'en rendait pas compte – il était si fier de sa capacité à dissimuler ses émotions.

Jenna resta assise sur le sofa en silence, attendant qu'il s'en aille. Il s'arrêta à un mètre de la porte et se retourna vers elle.

— Coucher ensemble était inévitable.

— Peut-être, mais cela aurait pu se passer dans d'autres conditions.

Plus agréables.

Il inclina la tête.

— Je fais toujours ce que j'estime devoir faire.

— Tu n'es vraiment pas arrogant du tout, fit-elle d'un ton ironique.

— Je le suis sans doute.

— Bonne nuit, Altesse.

Il tiqua, comme à chaque fois qu'elle utilisait son titre.

— Bonne nuit, Jenna. À demain.

— Non.

— Nous devons discuter de la conduite à adopter pour la suite.

— Appelle-moi.

Son portable était encore dans le coffre-fort, mais Dima n'aurait qu'à passer par la ligne intérieure de l'hôtel, ou l'appeler plus tard au bureau. Avec un peu de chance, elle récupérerait vite son portable. Mais elle exigerait qu'il lui soit rapporté par l'un de ses hommes.

Parce qu'elle ne savait vraiment pas quand elle serait prête à revoir l'un ou l'autre des frères Merikov.

6

Le lendemain matin, Jenna entra dans son bureau deux heures avant l'arrivée de ses collègues.

Elle posa ses affaires, puis regarda autour d'elle en se demandant s'il y avait des micros cachés là aussi.

Eh bien, il ne restait plus qu'à fouiller partout, comme l'avaient fait Dima et ses sbires cette nuit...

Jenna examina minutieusement son bureau, les objets posés dessus, les casiers se trouvant en dessous, les lamelles des stores, et eut un haut-le-cœur en découvrant un minuscule boîtier noir et aimanté dissimulé à l'intérieur de l'abat-jour en métal de sa lampe de bureau.

Après l'avoir détaché, elle contempla le petit appareil avec un mélange d'incrédulité et d'indignation.

Combien y en avait-il, au juste ?

Elle souleva son téléphone et appela Dima.

— Bonjour, Jenna, tu as déjà pris ton petit déjeuner ? demanda-t-il, comme si tout allait bien entre eux.

— Qu'est-ce que tu as à vouloir me nourrir ? répliqua-t-elle avec un soupir. Ce n'est pas grave. Peux-tu demander à l'un de tes hommes de venir me rejoindre dans mon bureau ? J'ai trouvé quelque chose.

— Tu es déjà au bureau ?

— Ce n'est pas la question.

Un juron étouffé se fit entendre.

— Je ne m'attendais pas à ce que tu quittes l'hôtel.

Ah bon ? Et pourquoi ?

— Je pensais qu'à ton réveil, tu comprendrais que j'avais agi pour ton bien. Nous aurions dû prendre le petit déjeuner ensemble et discuter de la meilleure attitude à adopter.

— Tu fais toujours des projets sans demander l'avis des gens qui sont concernés ?

— Je croyais que nous en avions parlé hier et que c'était clair pour toi.

— Il n'y a pas de quoi en être fier.

— Ai-je dit que je l'étais ?

— Si tu ne l'es pas, tu devrais peut-être envisager de changer.

— Peut-être. Nous pouvons en discuter en prenant le petit déjeuner.

— Je suis au bureau.

— Tu n'as pas besoin d'y rester.

— Si.

— Je vais envoyer mon équipe fouiller ton bureau à fond pendant que nous discutons de ce qu'ils ont trouvé chez toi.

— Nous pouvons le faire par téléphone.

— Viens prendre le petit déjeuner avec moi, s'il te plaît.

— Tu me supplies ? demanda-t-elle d'un ton moqueur. Pourquoi est-ce si important pour toi ?

— Je te le dirai quand tu m'auras rejoint.

— C'est du chantage, Dima.

— Non, je fais simplement appel à ta curiosité de journaliste. D'autre part, cette histoire ne concerne pas seulement ma famille.

— OK. Où veux-tu que je te rejoigne ?

— Je serai devant ton immeuble dans quelques minutes.

Jenna soupira de nouveau. Si elle n'avait pas cédé, cet homme impossible aurait débarqué dans son bureau, tout simplement. Comme la veille.

— Dis à tes hommes de monter quand ils arriveront. Je les ferai entrer et ensuite, je descendrai.

Cette fois, elle n'attendit pas son approbation pour raccrocher.

Il avait commis une erreur en n'anticipant pas le départ de Jenna, songea Dimitri tandis qu'il l'attendait avec impatience dans sa voiture. Mais ce n'était pas la seule. Il avait été certain qu'une fois qu'il lui aurait expliqué ce qui se passait, elle aurait compris qu'il avait fait fouiller sa maison et profité de son sommeil pour fouiller lui-même son sac.

Au lieu de cela, elle restait persuadée qu'il l'avait manipulée et avait couché avec elle pour arriver à ses fins.

La nuit passée, il avait réfléchi à la réaction de Jenna et avait réalisé deux choses. Premièrement, il aurait dû lui parler des fuites avant de coucher avec elle. Deuxièmement, Konstantin ne pouvait pas avoir douté de l'innocence de Jenna. Par conséquent, pourquoi son frère avait-il feint de la croire coupable ?

La portière côté passager s'ouvrit.

— Nous avons au maximum une heure. J'ai appelé ma cheffe et lui ai expliqué brièvement la situation. Elle veut en discuter avec moi à mon retour.

Dimitri réprima un juron.

— Pourquoi l'as-tu mise au courant ?

— Parce que ce problème ne concerne pas que toi, Altesse.

— Comme si je ne le savais pas...

— Il y a un camion-restaurant qui propose de délicieux burritos juste au coin de la rue. Il fait un peu frais, mais nous n'aurons qu'à nous asseoir au soleil.

— Un camion-restaurant ? fit-il, désarçonné. Je peux faire livrer quelque chose.

— Faire livrer où ? Dans ta voiture ? répliqua-t-elle, pince-sans-rire. Allez, ne sois pas snob !

— Je ne suis pas snob, se défendit Dimitri.

— Tu as déjà mangé de la nourriture provenant d'un camion-restaurant ?

— Non. Et alors ?

— Alors...

« Tu as dit que tu n'étais pas snob ? Prouve-le », traduisit-il.

OK. Il redémarra, ses deux gardes du corps le suivant dans un autre véhicule.

Acheter et manger des burritos dans la rue ne représentait pas la même chose pour elle que pour Dima, reconnut Jenna en s'avançant à ses côtés vers le camion-restaurant. Elle ne se déplaçait pas accompagnée de gardes du corps. Ni n'avait à s'inquiéter d'être prise en photo par un téléphone portable et de se retrouver en première page des tabloïds.

Et pourtant, son prince ne moufta pas quand elle commanda les burritos et deux cafés.

Quelques instants plus tard, ils s'installèrent sur le banc le plus proche.

— C'est drôlement bon, dit Dima après deux bouchées.

— Tu es surpris, hein ?

— Pas du tout. Ce n'est pas parce que je suis prince que je vis sur une autre planète. Je sais très bien que les camions-restaurants sont à la mode ces temps-ci.

— Ce n'est plus vraiment une nouveauté.

— Si tu le dis...

Non, il n'était pas snob. Pas du tout...

— Alors, qu'ont-ils découvert chez moi ?

— Quelques micros en plus de ceux trouvés dans ton sac, incorporés à des accessoires que tu emportes parfois quand tu sors. Mais rien de plus sérieux.

En vérité, Jenna ne savait pas si elle était soulagée. Étant donné qu'elle avait l'habitude de laisser son sac sur le sofa, le micro dissimulé dedans avait dû enregistrer tout ce qui se disait dans le salon.

— Vu que Skylar n'est jamais venue chez moi, c'est normal.

— Il est peut-être prématuré de l'incriminer.

— De la même façon qu'il était prématuré de m'incriminer ? riposta Jenna en haussant les sourcils.

Non mais franchement, ces princes ! Et Dima disait qu'il ne vivait pas sur une autre planète !

— Je ne pense pas que Konstantin ait jamais cru que tu étais à l'origine des fuites.

Jenna écrasa le sachet en papier dans sa main et le lança

dans la poubelle qui se trouvait à proximité. Puis elle posa son café sur le banc à côté d'elle et se massa les tempes.

— Tu as mal à la tête ?

— Je suis un peu tendue, c'est tout. Cela te surprend ?

— Non. Tu ne vas pas me croire, je sais, mais si j'avais pu faire en sorte que tu ignores toute cette histoire, je l'aurais fait.

— Tu m'aurais épargnée, c'est ça ? répliqua-t-elle d'un ton ironique. Je ne suis pas une petite chose fragile, Altesse. Et pourquoi dis-tu que Konstantin n'a jamais cru que c'était moi la coupable ?

— Tu as vu comment il était avec toi hier soir. Vous ne vous êtes pas épargnés, tous les deux, mais vous vous êtes calmés et il a confiance en toi, sinon il ne t'aurait pas laissée te rapprocher d'Emma et des enfants.

— Tu m'as dit qu'il t'avait appelé pour te parler des fuites.

— Oui, et je n'arrive toujours pas à comprendre pourquoi il s'est adressé à moi. Il y a quelque chose qui cloche, dans ses explications.

— À mon avis, il veut savoir d'où proviennent les fuites.

— Oui, mais même si lui et moi savions que cela avait un lien avec toi, je ne pense pas qu'il ait jamais cru que tu étais la source directe de ces fuites.

— Je préfère ça.

— Alors crois-le. Parce que c'est la vérité, dit Dima en écrasant son propre sachet avant de le lancer dans la poubelle. Il ne m'a pas suggéré de te séduire, si cela peut te rassurer.

— Tu ne m'as pas séduite. Nous avons couché ensemble.

— Et c'était fabuleux. La séduction peut venir après.

— Tu crois que je vais sortir avec toi ?

Il vivait décidément sur une autre planète.

— Notre histoire ne fait que commencer, Jenna.

— Ravie de l'apprendre, se contenta-t-elle de répliquer.

Parce qu'elle désirait toujours ce type insupportable, même s'il s'était comporté comme un salaud avec elle.

— Tu vas en parler à Emma ? demanda-t-il en posant son gobelet vide à côté du sien.

— Au risque de provoquer un conflit entre elle et Konstantin ? Certainement pas ! J'ai d'autres personnes à qui me confier.

Il la regarda en fronçant les sourcils.

— Je pense que même Konstantin préférerait que tu te limites à Emma.

— Écoute-moi bien, Altesse. Si j'ai envie d'aller tout raconter à ma sœur, je le ferai. Si tu ne la crois pas digne de confiance, c'est *ton* problème. Ce n'est pas elle qui a mis un micro dans mon support de téléphone !

— Non, tu as raison.

Il ne pensait pas ce qu'il disait, Jenna le vit à son expression. Mais pourquoi était-elle inexorablement attirée par cet homme impossible ?

Il était prince. Arrogant. Plus jeune qu'elle. Accro au travail. Il voulait des enfants.

Son cœur frémit douloureusement à cette pensée, alors qu'elle croyait avoir fait son deuil de ce côté-là.

— Qu'y a-t-il ? demanda Dima. Tu as l'air triste.

— Ce n'est rien, dit-elle avec un haussement d'épaules.

— Si cela te rend triste, ce n'est pas rien.

— C'est gentil. Dommage que tu ne l'aies pas pensé hier soir.

— J'aurais dû te parler de cette histoire de fuites avant que nous couchions ensemble, répliqua-t-il, crispé.

— Oui, tu aurais dû.

— Je ne commettrai plus une telle erreur de jugement.

— Super.

— Jusqu'à présent, mes hommes n'ont pas réussi à remonter jusqu'à la source.

— Je n'ai pas parlé longtemps avec ma cheffe, mais elle m'a dit que nous allions confisquer l'ordinateur portable de Skylar dès son arrivée au bureau. C'est la propriété du magazine et il n'est pas censé contenir quoi que ce soit de privé, mais tout le monde utilise son ordinateur portable pour son usage personnel.

Et Jenna était certaine que l'on trouverait la preuve de la

culpabilité de Skylar dans son ordinateur. Si elle se trompait, elle s'excuserait, mais son instinct lui disait qu'elle avait vu juste.

— C'est vrai ? demanda Dima. Nous appliquons la même politique chez Mirrus Global et je pensais que les employés la respectaient.

— Dois-je te faire remarquer que tout le monde n'a pas les moyens de s'acheter un ordinateur personnel ? Alors, franchement, pourquoi ne se servirait-on pas de celui qui est fourni par l'entreprise ?

— Tu n'as pas de réseau privé ? répliqua-t-il, l'air choqué.

— Bien sûr que si. Nataliya est ma meilleure amie. Longtemps avant de devenir princesse, puis reine, elle a insisté pour que je dispose de la technologie la plus moderne pour mon usage personnel. J'ai fini par utiliser mon ordinateur perso pour le travail parce qu'il est plus rapide et plus sécurisé.

Il hocha la tête.

— Crois-moi ou non, mais je me fiche de ce que tu penses de ma façon de faire.

— Tu ne peux pas savoir à quel point tu es rafraîchissante, Jenna ! s'exclama Dima en riant.

— Parce que je me fiche de ce que tu penses ?

— Pas seulement, mais oui. Parce que tu n'es pas et n'as jamais été impressionnée par ma famille.

— Ta famille est celle de ma meilleure amie. Si j'étais impressionnée par vous, ce serait inconfortable pour elle et pour moi.

— Vous êtes très proches, toutes les deux.

— Et tu pensais que je serais allée pleurer sur son épaule si tu m'avais interrogée à propos des fuites, répliqua Jenna en secouant la tête. Toi et Konstantin devriez prendre des cours de perspicacité, parce que vous avez été archi nuls.

— Tu as raison. Je te présente mes excuses.

— Ah, tu t'excuses pour ça, mais pas de t'être servi de mon désir contre moi ?

— Je t'ai dit que j'étais désolé de t'avoir blessée, Jenna. J'ai reconnu que j'aurais dû te mettre au courant de la situation avant que nous couchions ensemble. Mais je mentirais si je disais que je suis désolé que nous l'ayons fait.

— Tu es sincère, c'est déjà ça.

S'il l'avait été *avant* de coucher avec elle, elle souffrirait moins maintenant.

— Je l'étais hier soir aussi, dit-il, comme s'il avait lu dans ses pensées. Je te désirais. Le fait que nous ayons dû fouiller ta maison et tes affaires n'a rien à voir avec ce désir.

— Mais si tu me l'avais dit avant...

— Tu aurais été si contrariée par cette histoire que tu aurais refusé de coucher avec moi.

Jenna le dévisagea en silence, suffoquée.

— Qu'est-ce qui te choque ? Que je t'aie désirée si fort que j'étais prêt à compromettre mon intégrité pour te posséder ?

Cette éventualité n'avait pas l'air de le réjouir.

— Et que je m'en rende compte seulement maintenant ? Ce n'est pas très glorieux.

Eh bien...

— J'accepte tes excuses, mais lorsque je suis concernée, tu ne peux pas me cacher des faits aussi graves. Tu le comprends, maintenant ?

— Ce n'est pas ma façon habituelle de procéder. J'ai appris à filtrer les informations dès mon plus jeune âge.

— Comme tu as appris à ne jamais montrer tes émotions ?

— Oui.

— On peut désapprendre ce qu'on nous a appris, tu sais ?

— Je n'en suis pas certain.

— Essaie, tu verras.

Il prit le gobelet vide de Jenna et le jeta dans la poubelle, avant d'y lancer ensuite le sien.

— Ce genre de changement ne se fait pas du jour au lendemain.

— Non, évidemment, mais lorsque cela me concerne, tu m'en parles. Ce n'est pas difficile.

Voyant qu'il allait objecter quelque chose, elle l'arrêta d'un geste de la main.

— Écoute, Dima, si tu veux que j'aie confiance en toi, tu dois avoir confiance en moi.

— J'ai confiance en toi.

Il lui prit la main et la porta à ses lèvres.

La caresse du souffle chaud sur sa peau la fit frissonner.

— Nous le savons, maintenant, poursuivit-il.

Vraiment ?

— Parfait, acquiesça néanmoins Jenna. Si tu as confiance en moi, tu ne me dissimuleras plus rien qui me concerne.

— Peut-être.

— Comment cela, peut-être ?

— Une information pourrait te concerner et être par ailleurs un secret d'État.

— Pour l'amour du ciel ! s'écria-t-elle, exaspérée. Tu penses vraiment ce que tu dis ?

— J'envisage toujours toutes les éventualités, c'est dans ma nature, répliqua-t-il, l'air embarrassé.

— C'est dans ta nature, ou on te l'a appris aussi ?

— Quoi qu'il en soit, c'est trop enraciné en moi.

— Sans doute, mais franchement, Dima, tu bats Nikolaï.

— Qu'entends-tu par là ?

— Que tu es encore plus arrogamment sûr de tes idées que lui des siennes.

— Mon frère écoute les conseils.

— Mais pas toi.

Il resta silencieux.

— Et tu es plus inquiet que lui.

— Je ne suis pas un inquiet.

— Comment appelles-tu quelqu'un qui passe en revue les pires scénarios catastrophes avant de prendre une décision ?

— Quelqu'un de responsable.

Jenna éclata de rire.

— Promets-moi quand même de m'en parler, Dima.

— Et toi, promets-moi d'être mon amie et mon amante.

— Ça, ça reste à voir.

— Très bien. Dois-je te promettre de te parler également

de choses comme les fuites qui ont coïncidé avec tes visites et tes appels vidéo à Nataliya ?

Ils ne venaient pas de se mettre d'accord sur ce point ?

— Oui, répondit-elle en retenant un soupir.

Dima réfléchit quelques instants tandis que Jenna réalisait combien c'était important pour elle. *Trop* important. Parce qu'il ne s'agissait pas seulement de sa relation avec Nataliya et la famille royale. Il s'agissait d'elle et de Dima. De Dima en tant qu'homme et non en tant que prince.

— D'accord, déclara-t-il, solennel.

Un soulagement immense envahit Jenna.

— Parfait, répliqua-t-elle d'un ton détaché.

7

Jenna se tourna vers la directrice éditoriale.

— Vous et le prince semblez ne pas réaliser que vous n'êtes pas les seuls à être affectés, dit-elle vivement.

La culpabilité de Skylar avait vite été démontrée. Mais, en plus des fichiers audio stockés dans son ordinateur, ils avaient trouvé des photos de croquis de mode que Jenna conservait dans un classeur fermé à clé, des dossiers contenant des infos confidentielles concernant Mirrus Global, et d'autres l'entreprise du frère de Jenna.

La politique interne du magazine stipulait que dans le cas où un membre du personnel commettait une infraction de ce type, il devait être licencié, point final.

Perspective qui ne semblait pas inquiéter Skylar le moins du monde. Depuis le début de la confrontation, elle gardait un air suffisant, voire méprisant, qui mettait Jenna hors d'elle.

Aussi avait-elle du mal à supporter l'attitude de Dima et de sa cheffe qui, désireux d'éviter toute retombée négative sur la famille royale et Mirrus Global d'un côté, et sur le magazine de l'autre, avaient décidé de ne pas porter plainte contre Skylar.

Dima avait néanmoins dit à celle-ci que si une seule information confidentielle concernant sa famille ou l'entreprise familiale fuitait à partir de ce jour, non seulement ils porteraient plainte contre elle aux États-Unis, mais la feraient inculper d'espionnage et déposeraient une demande d'extradition à son encontre.

Skylar avait blêmi mais avait gardé le silence.

— Une jeune styliste prometteuse a perdu son entreprise et sa réputation à cause de cette femme, poursuivit Jenna en tournant les yeux vers son assistante. Je la trouvais ridicule de m'accuser d'avoir vendu ses croquis. C'était *vous* qui les aviez vendus, et vous saviez ce que vous faisiez en agissant ainsi.

— Des tas de jeunes créateurs déposent leur bilan tous les jours, répliqua Skylar sans s'émouvoir.

— Son échec n'était pas programmé, rétorqua sèchement Jenna. Elle avait un talent fou et aurait pu réussir.

Elle *aurait* réussi, Jenna en était certaine.

— Je ne sais pas ce que Skylar a transmis comme infos concernant l'entreprise de mon frère, poursuivit-elle à l'adresse de sa cheffe. Mais j'ai bien l'intention de le découvrir.

— Vous comptez me faire arrêter pour vous avoir écoutée en train de bavarder avec votre frère au téléphone ? ricana Skylar.

— Exactement, répliqua Jenna en la foudroyant du regard. Le harcèlement est puni par la loi, dans cet État.

— Je ne vous ai pas harcelée, se défendit son ex-assistante qui avait perdu un peu de son assurance. Et de toute façon, le magazine ne vous laissera pas porter plainte contre moi, il ne prendrait pas ce risque.

— Vous semblez ne pas comprendre qu'il s'agit de moi, pas du magazine. C'est *moi* que vous avez espionnée.

Ce n'était pas du harcèlement, OK ; c'était néanmoins illégal.

— Jenna..., commença Dima.

— Quoi ? l'interrompit-elle brutalement en se tournant vers lui.

— Je peux te parler en privé ?

— Je ne sais pas. J'ai l'impression qu'aucune de mes conversations n'est plus privée depuis plus d'un an.

— Vous n'avez plus rien à craindre dans votre bureau, dit le chef de la sécurité de Dima en s'avançant d'un pas.

— Merci, lui dit Jenna avec gratitude.

Dima tourna brièvement les yeux en direction de son bureau.

— Après toi.

Elle acquiesça d'un hochement de tête et sortit de la pièce. Une fois qu'ils furent entrés dans son bureau, Dima referma la porte derrière eux avant de se tourner vers elle.

— Tu sais que tu ne peux pas porter plainte contre Skylar.

— Euh... non. Je ne le sais pas.

— Que crois-tu que ressentira Nataliya si elle apprend que quelqu'un t'a espionnée pendant plus d'un an ?

— Il suffit de ne pas lui dire.

— Tu penses vraiment qu'elle ne l'apprendra pas ?

— Vous ne manquez pas de moyens, tes frères et toi. Je suis sûre que vous pouvez faire en sorte qu'elle ne le sache pas.

— Tu parles ! Elle est hackeuse.

Et une hackeuse très douée. Mais désormais, Nataliya était trop occupée par son rôle de reine, d'épouse et de maman pour s'adonner à sa passion.

— Elle ne fait des recherches que si elle a besoin de renseignements sur un point précis, et actuellement, elle a autre chose à faire que de fouiner dans la vie de sa meilleure amie.

— Si tu portes plainte contre cette femme, elle déballera tout ce qu'elle sait, répliqua Dima. D'après ce que nous savons, elle est déjà au courant de la grossesse de Nataliya, or son état n'est pas censé être rendu public avant un mois.

— Tu connais bien ta belle-sœur ? demanda Jenna.

— Oui, très bien, même.

— Alors, tu sais que si c'était à elle d'en décider, elle souhaiterait que Skylar soit poursuivie en justice pour l'empêcher de nuire à d'autres personnes. En outre, tu pourras continuer à la menacer de demander son extradition et une prolongation de peine.

— Ce n'est pas une condamnation qui empêchera une femme comme elle de recommencer. Elle a trouvé un moyen d'augmenter ses revenus et elle n'y renoncera pas parce qu'elle a passé un peu de temps en détention.

— Sauf qu'après sa détention, elle aura beaucoup de mal à trouver un travail dans lequel elle a accès à des informations sensibles.

Dima la regarda en plissant les yeux.

— Jenna, tu te souviens de l'accord de confidentialité que tu as signé après les fiançailles de Nataliya et de mon frère ?

— Oui, évidemment.

— Il t'empêche de porter plainte contre Skylar, parce que ce faisant, tu devrais révéler des informations sensibles concernant ma famille et Mirrus Global.

— Je n'ai pas besoin de dire qu'elle a volé des informations concernant ta famille et Mirrus Global.

— Cela apparaîtrait forcément au cours de l'enquête, et il y aurait violation de l'accord que tu as signé.

— Je ne sais pas si un avocat serait d'accord avec toi.

— Va en voir un, je t'en prie, répliqua-t-il avec un soupir plus résigné qu'agacé.

Il était conscient de son propre statut juridique. Et il ne reculerait devant rien pour obtenir ce qu'il désirait.

— Alors mon frère et son entreprise, ça ne compte pas ? demanda Jenna, dégoûtée.

— Nous allons examiner la situation, et si l'entreprise de ton frère a subi des dommages, nous verrons ce que nous pouvons faire pour l'aider.

Comment lui faire confiance ? Pourquoi se soucierait-il de l'entreprise de son frère, ou de Luke lui-même, puisqu'il ne se souciait nullement d'elle ?

Si seulement elle avait pu appeler Nataliya...

— Très bien, dit-elle, la mort dans l'âme.

— Dois-je comprendre que nous sommes d'accord ?

— Oui. Si tu entends par là que nous sommes d'accord sur le fait que j'ai les mains liées à cause de toi.

Il serra les mâchoires mais hocha la tête.

— Porter plainte contre elle ne serait pas aussi bénéfique que tu sembles le penser.

— Il s'agit de justice, pas seulement de bénéfice.

De toute évidence, Dima ne comprenait pas son point de vue. Jenna estimait que la femme qui lui avait porté préjudice avait des comptes à rendre à la justice.

Il jeta un bref coup d'œil à sa montre puis ouvrit la porte.

— On y va ?

— Non.

— Tu as dit que tu étais d'accord.

— Tu n'as pas besoin de moi pour annoncer à Skylar qu'elle a gagné et qu'elle peut tranquillement aller nuire à quelqu'un d'autre.

— Ce n'est pas ce qui va se passer.

— Ferme la porte en sortant, répliqua Jenna sans le regarder.

— Jenna...

— Nous n'avons plus rien à nous dire. Alors, sors de mon bureau, Altesse.

— Je comprends que tu sois...

— Ne te fatigue pas, l'interrompit-elle à nouveau.

Elle en avait vraiment assez de cette conversation. Ce que Dima ne comprenait pas non plus, manifestement. En d'autres circonstances, elle aurait trouvé son expression comique. Mais là, elle souffrait trop. Il avait réussi à la blesser deux fois en l'espace de vingt-quatre heures. Comment avait-elle pu se rendre aussi vulnérable ?

Être la meilleure amie d'une reine avait ses hauts et ses bas, mais pour la première fois, Jenna se demanda si son amitié pour Nataliya en valait la peine.

— Non, dit-elle en voyant Dima s'avancer vers elle. Tu viens de m'informer non seulement que je ne pouvais pas faire appel à la justice alors que j'ai été victime d'un abus de confiance et d'atteinte à ma vie privée, mais que je ne pouvais même pas aller en parler avec mon frère ni avec ma famille. Que ce n'était ni dans leur intérêt ni dans le mien.

— Nous pouvons t'organiser un rendez-vous avec un thérapeute agréé par le palais, si tu veux en parler avec quelqu'un, proposa Dima.

Comme si cela résoudrait tout !

— Et comment comptes-tu annoncer à ma meilleure amie que je ne peux plus la voir ?

— Non, ce...

— C'est toi qui en as décidé ainsi, coupa-t-elle d'un ton brutal.

À la perspective de perdre Nataliya, Jenna sentit les larmes lui monter aux yeux.

— Je ne mettrai pas d'autres personnes en danger parce que je veux garder un être cher dans ma vie.

— Tu ne penses pas ce que tu dis.

— Tu crois ? Franchement, je n'en sais rien. En revanche, je sais que je veux que tu sortes de mon bureau. Tu peux au moins respecter ça, Altesse ?

— Je te respecte, Jenna.

Mais oui, bien sûr.

— Jenna...

Des coups discrets furent frappés à la porte mais ils ne réagirent ni l'un ni l'autre.

On frappa de nouveau et, cette fois, Dima alla ouvrir. L'un de ses hommes lui dit quelque chose à voix basse. Dima hocha la tête et répondit à voix basse, avant de se retourner vers Jenna.

— Je dois m'en aller.

Pas de problème. Elle n'attendait que cela.

— OK.

— Je peux t'inviter à dîner ?

Non mais, il était *bouché*, ou quoi ?

— Non.

— Je passe te prendre.

Sur ces mots, il disparut.

Jenna inspira à fond et exhala lentement. Tout lui paraissait trop lourd, trop douloureux. Alors elle fit ce qu'elle faisait toujours lorsque ses émotions devenaient trop pesantes. Elle se concentra sur autre chose.

Son travail.

Les deux jours suivants, Jenna ignora les appels et SMS de Dima. Elle ne montra rien à Nataliya, ce qui fut plus facile en ne communiquant avec elle que par SMS. Elles avaient programmé un appel vidéo pour le week-end suivant, mais Jenna pensait l'annuler en prétextant un empêchement.

Elle avait discuté brièvement de la situation avec sa cheffe, et celle-ci avait eu beau répéter qu'elle était désolée et comprenait que Jenna soit terriblement affectée par ce qui s'était passé, elle avait été catégorique : la réputation du magazine serait trop mise à mal si les médias s'emparaient de cette regrettable affaire.

Personne ne se souciait de la jeune créatrice qui avait perdu sa petite entreprise à cause de cette *regrettable affaire*, ni des dommages qu'avait peut-être subis l'entreprise de Luke, le frère de Jenna, ni des autres victimes éventuelles de Skylar.

Sans parler du fait que son ex-assistante s'en était tirée à très bon compte. Elle avait été licenciée, mais à l'amiable, ce qui lui permettrait de toucher des allocations chômage.

Jenna éprouvait un sentiment de dégoût insurmontable et pressentait qu'elle ne s'en débarrasserait pas de sitôt.

Mais ce n'était pas seulement sa relation avec Nataliya qui se trouvait remise en cause. Elle ne savait plus si elle avait envie de continuer à travailler pour le magazine.

En outre, elle se sentait profondément blessée. Sa vie privée et son intimité avaient été violées, et tout le monde s'en fichait. Et elle ne pouvait en parler ni avec ses deux meilleures amies ni avec sa famille, cette impossibilité rendant tout encore plus pénible et hideux.

En dessous de tout cela, il y avait en plus la plaie qui béait dans son cœur. Jenna ne voulait pas reconnaître sa souffrance, parce que le sexe était censé être du sexe et rien d'autre. Sauf qu'elle sentait une douleur vive lui traverser la poitrine à chaque fois qu'elle voyait le prénom de Dima s'afficher sur son écran de téléphone.

Il ne débarqua plus dans son bureau sans s'être annoncé, heureusement.

Mais cela ne résolvait pas le problème de son amitié avec Nataliya et Emma. Elle les aimait sincèrement, ainsi que leurs enfants, qu'elle considérait comme ses neveux et nièces.

Elle avait vraiment besoin de parler à quelqu'un.

La sonnerie de son téléphone la fit tressaillir. La sonnerie attribuée à Luke.

— Bonjour, Junior.

— Je viens de parler avec le prince Dimitri.

— Ah ? répliqua Jenna en se demandant pourquoi Dima avait bien pu appeler son frère.

— Qu'est-ce que c'est que cette histoire, Jenna ? Quelqu'un t'a espionnée pendant plus d'un an ! Tu vas bien ? demanda-t-il, manifestement inquiet.

Sa sollicitude lui fit l'effet d'un baume.

— Il t'a tout raconté ? demanda-t-elle, y croyant à peine.

— Oui, après m'avoir fait signer un accord de confidentialité par voie électronique. Ce type a un an de moins que moi, mais j'avoue qu'il m'impressionne.

— Il est prince, répliqua-t-elle en riant malgré elle. Cela fait partie du profil !

— Tu crois ? Tu n'as jamais semblé être impressionnée par aucun membre de cette famille.

— Non, c'est vrai. Ils ne m'impressionnent pas.

— Alors pourquoi ne nous as-tu pas parlé de ce qui s'est passé ?

— Moi aussi, j'ai signé un accord de confidentialité. Il y a longtemps. Je l'aurais violé en vous en parlant.

— Comme si nous serions allés le leur raconter !

— La situation était déjà assez difficile pour moi, Luke.

Son frère soupira.

— Jenna, tu es trop dure avec toi-même. Tu n'as rien fait de mal.

— J'ai recruté la mauvaise personne. Je suis devenue amie avec la mauvaise personne.

— Mais qu'est-ce que tu racontes ?

— Nataliya. Le fait d'être amie avec elle t'a désigné comme cible, sans même que je le sache.

— Je ne suis pas une cible. Personne ne t'a jamais dit que tu prenais ton rôle d'aînée trop au sérieux ?

— Je ne suis pas l'aînée.

Matt était mort, mais elle n'avait jamais pris sa place.

— Non, je sais, acquiesça Luke d'une voix radoucie. Mais écoute, Jenna, tu dois cesser de te faire des reproches. Tu n'as pas été la seule à valider l'embauche de ton assistante. J'imagine qu'elle n'a pas commencé à ce poste, en plus ?

— Non. Elle travaillait au magazine depuis deux ans avant de devenir mon assistante.

Quelqu'un s'était-il donné la peine de regarder ce que Skylar avait trafiqué durant ces deux années ?

— OK, dit Luke. Cette fille est une opportuniste. Elle ne s'est pas contentée de vendre des infos concernant la famille royale, des créateurs...

— ... ton entreprise. Elle a tout un dossier.

— Oui, mais elle ne pourra pas en tirer grand-chose. Le prince Dimitri m'en a envoyé une copie. Rien à craindre non plus du côté de nos conversations téléphoniques. Tu t'intéresses autant à la recherche génétique que moi à la mode. Nous ne parlons jamais travail ensemble.

— Non, c'est vrai.

— Alors, arrête de culpabiliser, d'accord ? Je vais bien, mon entreprise aussi.

— C'est Dima qui t'a demandé de m'appeler ?

— Oui. Il a pensé que tu avais besoin de parler à quelqu'un, maintenant que tu ne parles plus à aucun membre de sa famille.

En effet. Jenna n'avait pas rappelé Emma, qui lui avait laissé un message, ni répondu au SMS dans lequel son amie l'invitait à dîner.

— Je ne veux pas parler avec eux.

— Pourquoi ? Tu es plus proche de Nataliya que de Lisa.

— Nous sommes très proches, Lisa et moi.

— Je n'ai pas dit le contraire, mais tu es plus proche de ta meilleure amie que de ta sœur.

Jenna soupira.

— Je ne peux pas parler de ce qui est arrivé à Nataliya. Il faut lui éviter tout risque de stress, en ce moment.

— Elle est de nouveau enceinte ?
— Oui.
— Parle avec Emma, alors.
— Je ne sais plus si ces amitiés en valent la peine.
— La peine de quoi, exactement ?
— D'être obligée de mentir.
— À propos de quoi ?
— De cette histoire. Tu es mon frère, et je ne pouvais même pas te dire que quelqu'un avait fait fuiter des infos concernant ton entreprise !
— C'est pour cela que le prince Dimitri m'a appelé.
— Il s'attend sans doute à ce que je le remercie.
— Oui. Il m'a donné l'impression d'être du genre à penser qu'il sait mieux que les autres ce qui est bon pour eux.
— Mais toi, tu n'es pas du tout comme ça, hein ?
Luke éclata de rire sans même tenter de le nier.
— Tu devrais prendre un peu de vacances.
— Tu crois que ça m'aiderait ? demanda Jenna.
— Oui, j'en suis persuadé. Parce que je te connais, chaque fois que tu entreras dans ton bureau, tu te demanderas s'il ne reste pas un micro caché quelque part. Chaque fois que tu passeras un coup de fil, tu te demanderas si quelqu'un écoute tes conversations.
— Je déteste être dans mon bureau, reconnut-elle. Et je dois faire un effort terrible pour répondre au téléphone.
— C'est pour cela que tu ne réponds pas aux appels du prince Dimitri ?
— Il t'en a parlé ?
— Oui. Tout le monde sait que vous êtes attirés l'un par l'autre, Jenna. Ce n'est pas parce que vous n'êtes jamais passés à l'acte que cette attirance n'existe pas.
Tout le monde le savait ?
— Il s'agit d'attirance purement sexuelle.
— Ce n'est pas de ça que je parlais.
— Qu'entends-tu par « tout le monde » ? demanda Jenna plutôt que de réagir à la remarque de son frère.

— La famille. La nôtre... et la sienne, j'imagine.

— Vous vous faites tous des idées.

— La seule personne à se faire des idées, c'est toi, si tu penses que ce que vous ressentez l'un pour l'autre n'est pas évident pour ceux qui vous connaissent bien.

— Je préférerais que tu évites de te livrer à des spéculations sur ma vie amoureuse, Luke. Parce que tu sais très bien qu'il ne peut s'agir que de sexe entre Dima et moi.

Son frère demeura silencieux quelques instants.

— Il est le plus jeune de la fratrie, pas l'aîné, finit-il par répliquer. Il n'a pas besoin d'avoir de primogéniture.

— Quel vocabulaire !

— Je dirige un laboratoire de recherche génétique, Jenna. Un *groupe* de laboratoires, plus exactement.

— Écoute-moi bien, Junior. Même s'il y avait pu avoir quelque chose entre Dima et moi... c'est terminé. Je ne peux plus lui faire confiance.

— Parfois, on est obligé de faire des choix difficiles à cause de...

— Je sais, l'interrompit Jenna. Mais il ne s'agit pas seulement de cela.

— De quoi d'autre, alors ?

— Je n'ai pas envie d'en parler.

— OK. Donc j'avais raison tout à l'heure en te conseillant de partir en vacances. Tu as besoin de prendre du recul.

Luke avait raison.

— D'autre part, tu ne sais pas quelles mesures le prince a prises pour protéger les autres personnes que ton ex-assistante a espionnées en passant par toi. Tu devrais peut-être lui accorder une chance de te le dire avant de tirer un trait sur votre...

— Je te répète que...

— Que votre relation n'a aucun avenir parce que tu ne peux pas avoir d'enfant.

Jenna ferma les yeux et serra les paupières. Elle ne parlait jamais de la décision prise à vingt et un ans, quand elle avait voulu être certaine à cent pour cent de ne pas transmettre la maladie génétique qui avait emporté son frère.

Après avoir, comme son frère et sa sœur, fait un test génétique et appris qu'elle seule était porteuse du gène, Jenna n'avait pu envisager d'autre solution que de se faire ligaturer les trompes.

— Je n'ai pas dit cela pour te blesser, dit Luke après avoir poussé un juron.

— Je sais.

— Je voulais seulement te faire remarquer que, contrairement à ce que tu sembles penser, ta stérilité n'est pas un obstacle à un avenir potentiel avec le prince Dimitri.

— Arrête, s'il te plaît. Cette discussion est aussi ridicule qu'absurde.

Luke n'insista pas et ils parlèrent de choses et d'autres avant de raccrocher.

Mais les jours suivants, Jenna ne cessa de repenser à son conseil.

Et si elle prenait *vraiment* des vacances ?

8

Sa cheffe accepta sa demande de congé sans problème, avant de lui souhaiter de passer de *bonnes vacances* et de revenir *en pleine forme*.

Le vendredi soir, Jenna rentra chez elle en se demandant si elle allait réellement partir ou se contenter de flâner à la maison.

Elle venait de refermer la porte lorsque son téléphone sonna. Le sortant de sa poche, elle vérifia le nom de l'appelant et soupira. Dima. Elle balaya l'écran du bout du doigt pour prendre l'appel.

— Allô ?

— Tu as répondu...

— Tu ne voulais pas que je réponde ?

— Bien sûr que si. Je ne t'aurais pas appelée, sinon.

— OK.

— Tu as parlé avec ton frère.

— Oui.

— Cela t'a fait du bien ?

— Par rapport à mon sentiment de culpabilité, ou de ce que je ressens à cause de la trahison de mon ex-assistante ?

— Les deux.

— Oui, ça m'a fait beaucoup de bien.

— Alors je suis content que tu aies pu parler avec lui.

— Ce n'est pas ce que tu disais l'autre jour.

— J'ai peut-être montré un peu trop de zèle en te demandant de ne pas parler de cette histoire avec ta famille.

— Vraiment ? Parce que j'ai relu l'accord de confidentialité que ton père m'avait fait signer et il est en béton. Il n'y a aucune exception.

— Oui, mais bon, ta famille ne va pas aller bavarder avec un journaliste.

— Non, mais tu as quand même demandé à mon frère de signer un accord de confidentialité avant de lui raconter ce qui s'était passé.

— Je suis un type prudent.

— Cela fait aussi partie de ton rôle de prince ?

— Je suis certain que la prudence fait partie de ma personnalité et a peu à voir avec mon statut de prince.

— Tu as peut-être raison.

— Je dois retourner à New York.

— Tu es encore à Seattle ? demanda-t-elle en tressaillant.

— Non, je suis venu passer quelques jours à Mirrus pour rencontrer Nikolaï et Konstantin.

— Emma m'a envoyé un SMS dans lequel elle me disait que Konstantin n'était pas à la maison, en effet.

Jenna répondait aux messages de son amie mais évitait toujours de la voir.

— Il souhaite s'excuser de t'avoir amenée à penser qu'il doutait de ta loyauté envers Nataliya.

— Il n'en doutait pas ? répliqua-t-elle, sceptique.

— Je te l'ai déjà dit.

— Après m'avoir certifié le contraire.

— C'est ce qu'il m'avait laissé entendre. Mais quand je lui en ai reparlé, il a reconnu qu'il n'avait jamais douté de ta loyauté. Il m'a expliqué qu'il avait agi comme il l'a fait parce que nous devions identifier l'auteur des fuites et que j'étais le seul à pouvoir y parvenir.

— Eh bien, il avait raison.

— Tu as été blessée dans le processus.

— Oui.

— J'en suis désolé.

Jenna retint un soupir.

— Je te crois.

Elle hésita un bref instant avant d'ajouter :

— À cause de ce que m'a dit mon frère et parce que tu as continué à m'appeler. Alors que tu aurais pu laisser tomber.

— Tu songeais à couper tout lien avec notre famille.

Ainsi, il avait compris qu'elle se posait des questions sur les implications de son amitié avec Nataliya, et il en avait conclu qu'elle s'éloignait de toute sa famille.

— J'y songe toujours.

Il marmonna quelque chose.

— Qu'est-ce que tu as dit ?

— Rien. J'aimerais te voir avant de rentrer à New York.

— Je ne suis pas sûre que ce soit une bonne idée.

Elle avait besoin de réfléchir paisiblement à son avenir. Seule.

— C'est une très bonne idée, au contraire, répliqua-t-il avec son assurance coutumière.

Au moment où Jenna allait lui dire qu'il se trompait, son regard tomba sur les dépliants touristiques rapportés au milieu de l'hiver. Histoire de rêver de plages ensoleillées pour se remonter le moral lorsque la pluie tombait sans relâche et que les nuages obscurcissaient le ciel en permanence.

Elle adorait Seattle, mais parfois, quand il pleuvait non-stop pendant une semaine, ou plus, elle se demandait si elle ne devrait pas aller s'installer ailleurs.

— Désolée, je dois préparer mes bagages.

C'était décidé. Elle partait deux semaines au soleil.

— Tes bagages ? Pour quoi faire ?

— Je pars en vacances.

— Où ?

— Je ne sais pas encore. Quelque part où il fait beau.

— Tu ne sais pas où tu vas ?

Apparemment, l'improvisation n'était pas son fort.

— Non.

— Mais tu comptes partir demain ?

— Oui.

Silence. Pendant au moins cinq secondes.

— Tu crois que c'est une bonne idée ? demanda-t-il d'un ton hésitant.

Le prince Dimitri hésitait... Incroyable...

— Pourquoi ne serait-ce pas une bonne idée ?

— C'est peut-être une réaction par rapport à ce qui s'est passé, dit-il lentement, prudemment.

— Ça, c'est sûr ! Je veux partir, me prélasser au soleil sur une plage, loin de tout stress.

Et réfléchir à l'avenir, loin de son quotidien.

— Et tu ne sais pas où ? insista-t-il d'un ton frisant la panique.

— Non, et alors ? Des tas de gens partent en vacances sur un coup de tête, tu sais ? Ça arrive tout le temps. C'est pour cela qu'il y a des offres de dernière minute.

Tout en parlant, Jenna examina les diverses brochures et souleva celle proposant des séjours à Abu Dhabi. Elle rêvait d'aller là-bas depuis que, toute petite, elle avait lu les aventures de Garfield.

Le gros chat orange avait envoyé le petit Nermal à Abu Dhabi. Plus tard, elle avait appris que c'était la capitale des Émirats arabes unis, détail qui avait rendu cet endroit encore plus mystérieux et attirant à ses yeux.

— Je te laisse, Dima. Il faut que je m'occupe des réservations.

— Tu espères vraiment trouver une réservation pour un départ demain ?

— Oui.

— Et si c'est une arnaque ?

— Je ne réserve pas sur le premier site venu. Je voyage souvent pour mon travail, Dima.

— Où comptes-tu aller ?

— Je te l'ai dit : je ne sais pas. Quelque part où il y a du soleil.

— Tu as bien une destination préférée ?

— Abu Dhabi. J'ai peu de chances de trouver quelque chose et ce sera sans doute plutôt Mexico, je sais. Mais je vais quand même essayer.

— Je ne te retarde pas, alors.

Sur ce, il lui dit brièvement au revoir et raccrocha.

Jenna reposa le téléphone en s'efforçant d'ignorer le sentiment de déception qui l'envahissait. Il avait dit qu'il aimerait la voir avant de partir, mais il n'avait pas insisté...

Il l'avait blessée, une fois de plus.

Une heure plus tard, elle contempla son écran d'ordinateur d'un air morose. Elle avait cherché sur tous les sites qu'elle connaissait. Aucune offre de dernière minute pour Abu Dhabi.

Découragée, Jenna se leva pour aller se préparer une tasse de thé lorsqu'on sonna à la porte.

N'attendant personne, elle regarda par l'œilleton de sécurité.

Dima se trouvait derrière la porte, l'air confiant.

Elle s'était trompée. Il n'avait pas voulu partir sans l'avoir vue.

La joie qui l'envahit à cette pensée l'effraya. Parce qu'elle ne pouvait pas se permettre de tomber amoureuse du prince.

Se ressaisissant, Jenna ouvrit la porte de sa petite maison de plain-pied, de style ranch, achetée quelques années plus tôt.

— Dima, qu'est-ce que tu fais ici ?

— J'apporte le dîner, dit-il en tendant un sac en papier portant le logo de l'un des restaurants préférés de Jenna.

Elle avait le choix. Ou bien elle lui refermait la porte au nez, ou bien elle l'invitait à entrer.

— Entre, dit-elle en reculant pour le laisser passer.

L'un de ses gardes du corps entra avant lui et fit son petit tour habituel.

— Rien à signaler, Altesse, dit-il à Dima avant de s'en aller en refermant la porte derrière lui.

— Tu n'es jamais fatigué de tout ce cirque ? demanda-t-elle en s'avançant dans le salon en L qui comprenait d'un côté le coin repas et de l'autre le coin détente.

Dima posa le sac sur la table.

— Tu parles de la sécurité ? demanda-t-il.

— Oui. Tu ne peux jamais courir t'acheter un paquet de biscuits à l'épicerie du coin.

— J'ai quasiment toujours eu des gardes du corps, répliqua-t-il d'un ton neutre. Je n'ai jamais *désiré* courir jusqu'à l'épicerie du coin pour m'acheter quoi que ce soit. Et comme j'ai déjà eu l'occasion de te l'expliquer, cela tient autant à mon statut de prince qu'à ma fortune personnelle.

Jenna rassembla les dépliants épars sur la table avant de les poser sur le petit meuble où elle rangeait la vaisselle.

— Je détesterais vivre comme ça.

— C'est une question d'habitude.

— Peut-être, répliqua-t-elle en sortant les assiettes et les couverts. Et si j'avais déjà dîné ?

— C'est le cas ?

— Non.

— Alors j'ai bien fait.

— Je ne t'avais pas dit que je devais faire mes bagages ?

— Il faut que tu manges.

— C'est vraiment une obsession chez toi..., fit-elle en roulant des yeux.

Jenna dressa la table, sortit les récipients en plastique du grand sac en papier et en versa le contenu dans des plats. Elle aimait manger dans une vraie assiette, avec de vrais couverts.

— Tu as réservé ? demanda Dima en s'asseyant sur une chaise.

— Non.

Elle goûta la salade de pâtes – délicieuse, comme toujours – et réalisa qu'elle mourait de faim.

— Il y a des tas d'offres de dernière minute pour Cali ou Mexico.

— Mais rien pour Abu Dhabi ?

— Non. Pas une seule offre.

Enfin si, il y en avait, mais pas dans sa gamme de prix.

— Je peux peut-être t'aider, dit Dima en souriant.

— Tu t'occupes de réservations touristiques en plus de

tes activités habituelles, maintenant ? demanda-t-elle en faisant de son mieux pour ignorer les réactions de son corps au sourire de Dima.

— Pas personnellement, mais j'ai des assistants.

— Et tu leur as demandé de me trouver quelque chose ? demanda-t-elle, surprise.

— Pas exactement.

— Qu'est-ce que tu veux dire, alors ?

— Nous avons joué de malchance, la semaine dernière, mais nous n'en avons pas terminé l'un avec l'autre, Jenna.

Il parlait de sexe. Des étincelles brûlantes fusèrent partout en elle à cette pensée.

— Je croyais que tu devais rentrer à New York pour tes affaires ?

— Nous avons terminé le contrat sur lequel je travaillais durant mon séjour à Mirrus. Cette transaction nous rapportera des millions qui serviront entre autres à financer la mise en place de nouvelles infrastructures.

— Bravo, dit Jenna, sincère.

— Merci. Mes frères étaient contents tous les deux.

Ce qui devait compter énormément pour celui qui resterait toujours le petit dernier de la fratrie.

— Alors, ça se fête, enchaîna Dima.

— Tu es plutôt du genre à fêter un succès en relevant un nouveau défi. Pas en partant en voyage avec ta partenaire sexuelle du moment.

— En temps ordinaire, tu aurais raison, mais tu vois, la femme que je n'arrive pas à me sortir de la tête, eh bien, elle veut justement partir en vacances.

— Pour un aveu, c'est un aveu...

— Tu m'as convaincu que les décisions de dernière minute avaient du bon.

— Oui, pour les gens qui ne sont pas membres d'une famille royale ou qui ne sont pas de riches hommes d'affaires, mais ce n'est pas ce que je voulais dire.

— Ah non ?

— Tu sais très bien de quoi je parle. Tu viens de reconnaître que tu étais obsédé par moi.

— Et toi, tu n'es pas obsédée par moi ?

— Dis-moi quelles mesures tu as prises pour atténuer les dommages causés aux autres entreprises et personnes que Skylar a espionnées à travers moi.

— Comment peux-tu être sûre que j'ai pris des mesures ?

— Je n'en suis pas sûre, j'espère que tu as fait ce que tu as pu.

Une lueur indéchiffrable traversa les yeux gris.

— J'ai chargé nos meilleurs agents de faire en sorte que les actes de Skylar la suivent où qu'elle aille, sans que ton magazine, ma famille ou Mirrus Global soient jamais cités.

— Tu crois que cela suffira à l'empêcher de nuire ? demanda Jenna, déçue.

— Tu en doutes ?

— Disons que je doute que cela puisse fonctionner sans révéler ce qu'elle m'a fait, dit-elle en soupirant.

— Tu penses manifestement être la première personne à avoir été ciblée par cette femme.

— Oui, mais pas toi.

— Non, parce qu'elle avait travaillé ailleurs en sortant de l'université.

— Elle aurait déjà pratiqué ce type d'espionnage, d'après toi ?

— Vu le niveau de compétence dont elle a fait preuve avec toi, elle n'en était pas à ses premiers essais.

— Alors tu vas révéler au grand jour les dommages subis par une autre entreprise ? demanda Jenna, choquée.

— Dans le but de vous épargner, toi et ma famille ? Oui, déclara-t-il sans la moindre hésitation.

— Cela ne t'a pas dérangé de me blesser, répliqua-t-elle.

— Tu te trompes, Jenna.

— Ne me raconte pas de salades. Lorsqu'il s'est agi de choisir entre me blesser ou protéger ta famille, tu n'as pas hésité.

— Mais je n'étais pas heureux du résultat. La détresse

dans laquelle tu étais, le sentiment de trahison que tu as ressenti, tout cela m'a profondément ébranlé. Et j'espère que tu te rends compte que *pour un aveu, c'est un aveu*, comme tu dis si bien.

9

En effet. Mais Jenna ne savait qu'en penser.

Si Dima était sincère, il s'en voulait de l'avoir blessée alors qu'il se targuait de ne jamais regretter aucun acte ni aucune décision dès lors qu'il les jugeait nécessaires.

— Et les gens à propos desquels Skylar détient des informations ? demanda-t-elle, préférant ne pas s'appesantir sur *l'aveu* de Dima. Des informations confidentielles rassemblées dans le but de les vendre ?

— Mes hommes ont examiné tous ses appareils électroniques et fouillé son appartement de fond en comble, dans l'éventualité où elle aurait conservé des documents écrits. Ils ont emporté tout ce qui pourrait être compromettant pour d'autres. Ils ont également supprimé tous les fichiers sauvegardés sur son cloud.

— Elle les a laissés faire ?

— C'était cela ou la prison.

— Mais tu n'aurais pas porté plainte contre elle.

— Elle ne pouvait pas en être certaine. Tu as bien réussi ton coup en la convainquant que tu étais prête à le faire, coûte que coûte.

— Tu t'es servi de moi pour la menacer ?

À vrai dire, cela n'était pas pour déplaire à Jenna.

— Oui. Skylar a par ailleurs signé une déclaration dans laquelle elle reconnaît la pose de dispositifs d'écoute et la pratique d'espionnage industriel, et elle croit que cette déclaration sera transmise au procureur si elle s'avise de recommencer et est prise en flagrant délit.

— Elle pourrait aller s'installer dans un autre État, changer de nom.

— Elle le pourrait, mais nous l'avons à l'œil, et elle le sait.

— Je... Merci.

— Je suis heureux que tu sois satisfaite.

— Pas complètement. J'aurais préféré remettre cette affaire entre les mains de la justice.

— Les compromis font partie de la vie, nous n'y pouvons rien.

Il s'appuya au dossier de sa chaise et la regarda avec attention.

— Abu Dhabi, alors.

— Tu veux vraiment aller aux Émirats arabes unis avec moi ?

D'après ce que savait Jenna, Dima ne prenait *jamais* de vacances.

— Je préférerais que tu partes avec moi, répliqua-t-il avec un sourire enjôleur. À bord de mon jet, et que tu séjournes dans notre résidence.

— Vous avez une propriété là-bas ?

— Il s'agit en fait d'un condominium situé dans un environnement magnifique. Mais, oui, nous avons des propriétés un peu partout dans le monde.

— Et il est vide en ce moment ?

— Il est toujours vide, sauf lorsque l'un de nous l'occupe. En laisser l'accès à d'autres poserait des problèmes de sécurité.

— Je vois.

Ce que Jenna voyait surtout, c'était qu'il lui offrait un séjour de rêve, à Abu Dhabi...

Dima la désirait toujours, au point de partir à l'improviste avec elle en laissant ses affaires en plan...

Ce n'était pas trop ? Si, peut-être. Mais elle aurait menti en disant qu'elle n'était pas ravie, et très excitée, à la perspective de partir deux semaines avec lui.

— Pourquoi fais-tu cela ? demanda-t-elle néanmoins.

— Je te l'ai dit.

— Tu pars en vacances, à la dernière minute, *toi*, juste

pour pouvoir coucher avec moi jusqu'à ce que nous en ayons terminé l'un avec l'autre ?

— Il ne s'agit pas tout à fait de vacances.

— De quoi, alors ?

— Je devrai travailler une partie de la journée, et j'en profiterai pour avancer des rendez-vous prévus pour le mois prochain à Abu Dhabi.

— Tu peux les déplacer ? Juste comme ça ?

— Les chefs d'entreprise que je dois rencontrer accepteront sans problème, vu les intérêts en jeu.

— Mirrus n'est pas une grande puissance mondiale.

— Non, c'est une petite île aux ressources naturelles très importantes. Et Mirrus Global une entreprise de plusieurs milliards de dollars qui a des alliances privilégiées dans le monde entier.

Depuis quelque temps, Jenna se demandait comment Mirrus conservait son indépendance. À présent, elle comprenait.

— L'entreprise protège le pays, dit-elle.

Dima acquiesça d'un hochement de tête en reprenant sa fourchette et ils achevèrent de dîner en silence.

Après le dessert, il se leva et commença à rassembler les couverts.

— Ne me dis pas que tu as l'habitude de desservir la table ?

— Je n'avais pas d'aide domestique quand j'étais étudiant, ni durant mes deux années passées à l'armée.

— C'est vrai ?

— Oui. J'aurais pu bénéficier d'un service de nettoyage, au moins à l'université, mais j'ai voulu profiter de l'occasion pour vivre comme la plupart de mes concitoyens.

— Tu n'avais pas non plus de gardes du corps ?

— Le moins possible. Et tu ne penses tout de même pas que j'en avais à l'armée. C'était nous, la sécurité.

— Je n'y avais pas pensé. Tes frères ont vécu de la même façon ?

— Pas à proprement parler.

Que voulait-il dire par là ?

— Tu veux vraiment que nous allions à Abu Dhabi ensemble, juste pour vivre à fond, et sans complications, le désir que nous éprouvons l'un pour l'autre ?

— Jusqu'à présent, cela n'a pas été sans complications.

— Non, en effet. Mais il s'agit toujours de sexe et uniquement de sexe, n'est-ce pas ? Pas d'entamer une relation.

— Nous entretenons déjà une relation. Nous sommes amis et tu fais partie de ma famille.

Jenna ne put s'empêcher de faire une petite grimace.

— Cesse. Ne pense pas que ta vie serait plus agréable sans Nataliya et le reste des Merikov.

— Qui te dit que c'est ce que je pensais ?

— Je me trompe ?

— Oui. Je n'ai jamais pensé que ma vie pourrait être plus agréable sans Nataliya.

Plus facile, peut-être. Plus simple.

— Et pourtant, tu envisageais de rompre votre amitié.

— Pas parce que je pensais que ma vie serait plus agréable.

— Pourquoi, alors ?

— Parce qu'elle serait plus honnête.

— En quoi ta vie est-elle malhonnête ?

— Je ne préviens pas les gens que Skylar a espionnés ou à qui elle a volé des infos confidentielles pour les revendre.

— Tu serais licenciée si tu le faisais.

— Pas forcément.

— Jenna, tu tiens vraiment à reparler de tout cela ?

— Tu ne peux pas nier que c'est ma relation avec vous tous qui limite mes choix.

— Une *partie* de tes choix. Naître dans ma famille m'a privé de la plupart des miens, dit-il d'un ton détaché.

— Tu ne peux pas changer le rôle qui t'est échu à ta naissance, mais je peux choisir mes amies.

— Vraiment ? Tu serais capable de t'éloigner de Nataliya, qui est pour toi comme une sœur, pour la simple raison que votre amitié te cause parfois des problèmes ?

— Je ne sais pas, reconnut Jenna. C'est l'une des choses auxquelles je pensais réfléchir durant mes vacances.

— Il y en a beaucoup d'autres ?

— Je suis dans une phase de remise en question, je crois, répondit-elle avec un haussement d'épaules. Je ne suis pas certaine de vouloir rester au magazine, par exemple.

— Pourquoi ? répliqua Dima, l'air surpris.

— Dans le monde des médias, il y a eu beaucoup de changements, ces dix dernières années, mais particulièrement dans la presse écrite. Le magazine n'accordera jamais assez de place à la mode durable et aux mannequins sans critères de taille.

— Ton militantisme est plus important pour toi que ton travail de journaliste ?

— Oui. Et je ne sais pas si je pourrais gagner ma vie en me consacrant à ce qui m'intéresse en priorité.

Jenna se fichait de ne pas gagner beaucoup d'argent, mais elle devait pourvoir à ses besoins élémentaires.

— Tu as publié des articles très intéressants.

— Tu les as lus ? demanda Jenna, interloquée.

— Non seulement je les ai lus, mais je me suis abonné au magazine.

— Dois-je en être flattée ?

— À toi de voir, répliqua-t-il en soutenant son regard.

La table était desservie depuis un moment, mais ils restaient debout dans la cuisine, à un mètre l'un de l'autre.

— Tu lis aussi dans mes pensées ?

— Parfois, répondit tranquillement Dima.

— Et en ce moment ? Tu sais à quoi je pense ? demanda-t-elle, le cœur battant la chamade.

— Tu hésites encore à accepter de partir avec moi.

Hésitait-elle encore ? Si ces deux semaines pouvaient assouvir définitivement son désir pour Dima, elle aurait été stupide de refuser. Lui semblait certain qu'il serait débarrassé de ce désir qui l'obsédait. Serait-ce la même chose pour elle ? Il n'y avait qu'un moyen de le savoir.

— D'accord. Je partirai avec toi.

— J'en suis très heureux, dit-il avec un lent sourire.

Quand il s'avança soudain vers elle, la cuisine parut se rétrécir.

— Nous devrions peut-être fêter cela.

— Il faut que je prépare mes bagages.

— Je vais t'aider.

— M'aider ? fit Jenna en ne pouvant retenir le rire qui lui montait aux lèvres. Je suis curieuse de voir ça.

Elle avait eu tort de douter des capacités de Dima. Non seulement il plia ses vêtements avec soin, mais il lui donna des conseils sur ce qu'elle devrait emporter, y compris côté sous-vêtements. Ne pourrait-elle pas prendre la chemise de nuit en soie bleue par exemple ? Celle qui lui couvrait à peine les fesses...

— Je n'en reviens pas d'avoir déjà terminé, dit-elle en contemplant sa valise ouverte posée sur le lit.

— À ton service, répliqua Dima avec un petit sourire en coin.

Il se rapprocha d'elle, une lueur prédatrice au fond des yeux.

— Nous avons mérité une récompense, non ?

— Et tes bagages ? demanda Jenna.

Mais son corps se penchait de lui-même vers le sien.

— Mes assistants s'en chargeront pour moi, dit-il en lui refermant une main sur la nuque.

L'instant d'après, il prenait possession de sa bouche tandis que Jenna se pressait contre son corps ferme et chaud.

Elle était impatiente de retrouver le contact de sa peau contre la sienne, comme si des mois s'étaient écoulés depuis leurs ébats passionnés, dans la suite de Dima.

Ils tombèrent bientôt enlacés et nus sur le lit, tout en continuant à s'embrasser et en se caressant avec fièvre. Il connaissait maintenant ses zones érogènes et leur accorda une attention particulière, tout en lui en faisant découvrir d'autres plus secrètes, dont Jenna n'aurait jamais soupçonné l'existence.

Elle lui rendit caresse pour caresse, ondulant contre lui, brûlant de le sentir en elle. Ils roulèrent sur le lit en riant et faillirent tomber sur le tapis. Mais leurs rires s'éteignirent rapidement lorsque Dima s'installa entre ses jambes, la puissante érection pulsant contre son sexe.

— Tu es prête ?

— Oui, murmura Jenna.

— Pas de préservatif ?

— Non, nous n'en avons pas besoin.

Sans plus attendre, il la pénétra.

Leurs corps dansaient ensemble comme s'ils s'étaient déjà unis des centaines de fois. Elle jouit la première, suivie aussitôt par son amant.

Lorsque, repus, ils se reposèrent dans les bras l'un de l'autre, Jenna eut du mal à garder les yeux ouverts. Elle n'avait pas beaucoup dormi, ces temps derniers. Et puis, elle se sentait si bien, blottie contre Dima. En sécurité.

Elle s'endormit avant même qu'il se soit retiré d'elle.

Si une autre que Jenna s'était endormie aussitôt après l'amour, Dima en aurait été offensé. Mais en arrivant, il avait remarqué ses traits tirés. Elle n'avait pas dû dormir beaucoup depuis deux semaines.

Doucement, il l'embrassa sur le front, les tempes, puis déposa un léger baiser sur la belle bouche gonflée.

Quelque chose frémit dans sa poitrine tandis qu'il se dégageait délicatement du corps alangui et qu'elle laissait échapper un petit soupir heureux.

Elle lui faisait confiance.

À cette pensée, la chose remua de nouveau dans sa poitrine. Jenna avait dû être anéantie quand elle avait découvert que l'assistante en qui elle avait confiance l'avait trahie. Dimitri n'avait pas suffisamment pensé à cela au début, mais après avoir parlé avec Konstantin, il s'était rendu compte de son erreur.

Le refus de Jenna de répondre à ses appels et SMS le lui avait confirmé. On lui avait répété toute sa vie qu'il ne pouvait accorder sa confiance qu'à un très petit nombre de personnes. Il n'avait pas pris en compte le fait que Jenna n'avait pas été élevée de la même façon que lui. Elle n'appartenait pas à la famille royale ni même à la noblesse.

Jenna était différente. Spéciale.

Et Dimitri la voulait dans son lit. En permanence.

Il pouvait se l'avouer à lui-même, mais pas à elle. Il avait eu beaucoup de mal à lui dire qu'il voulait se la sortir de la tête.

Mais s'il lui avait annoncé la vérité, à savoir que leur séjour à Abu Dhabi serait la première étape de la cour qu'il comptait lui faire, elle aurait refusé de partir avec lui.

Jenna ne voulait pas devenir princesse. Ni se retrouver encore plus impliquée dans la vie des Merikov qu'elle ne l'était déjà.

À lui de la convaincre qu'elle y avait sa place.

Konstantin y avait réussi avec Emma, et Dimitri était conscient que son frère avait eu beaucoup plus d'obstacles à vaincre que lui.

Ses deux frères estimaient que jusqu'à présent, leur benjamin s'y était pris comme un idiot. Peu habitué à se voir critiqué par ses aînés, il avait évité toute autre discussion personnelle durant son séjour à Mirrus.

En revanche, il n'avait pu empêcher son père de lui rappeler sa promesse de participer à une réception où avaient été invitées des femmes *appropriées*. Et, peu désireux de révéler à son père qu'il avait une tout autre idée en tête, Dimitri était allé à ladite réception.

Avec un peu de chance, les photos le montrant en train de bavarder et de danser avec la princesse paraîtraient dans les médias quand ils seraient à Abu Dhabi, et Jenna ne les verrait jamais.

Si elle les voyait, elle dirait qu'elle s'en fichait, mais il ne souhaitait pas avoir à lui rappeler que son père entendait lui présenter d'autres épouses potentielles. Inutile de compliquer la situation. Jenna était déjà suffisamment perturbée en ce moment.

Le lien qui les unissait était unique. Dimitri n'avait jamais rien vécu de tel avec aucune autre femme. Mais il n'avait aucun désir de tomber amoureux comme ses frères. Lui et

Jenna s'entendaient bien. Plus que bien, même. Notamment au lit. Dimitri avait l'impression qu'au lieu de s'éteindre, son désir pour elle ne faisait que s'accroître et ne pourrait jamais être assouvi.

D'autre part, Jenna avait été acceptée par tous les membres de sa famille. Tous l'aimaient et l'appréciaient.

Autrement dit, elle était parfaite pour lui.

Il ne restait plus qu'à lui montrer combien lui-même serait parfait pour elle.

10

Jenna se réveilla enveloppée dans la merveilleuse chaleur virile, et plus reposée qu'elle ne l'avait été depuis la découverte de la trahison de Skylar.

Un bras musclé lui entourait de façon possessive la taille.

— Hum..., murmura-t-elle en se tournant vers Dima. Tu sens bon le bois de santal.

— J'avais une réunion en vidéo, j'ai pris une douche.

Mais il s'était déshabillé et s'était recouché auprès d'elle.

— À quelle heure partons-nous ?

— Nous avons deux heures devant nous. Juste assez de temps.

— Pour quoi faire ? demanda-t-elle innocemment.

— Ceci, répondit-il avant de l'embrasser dans le cou en lui caressant les reins.

Quand ils arrivèrent à l'aéroport privé, le jet était prêt à décoller.

Jenna s'installa confortablement à côté de Dima et accepta le verre d'eau gazeuse citronnée – sa boisson préférée – que lui proposait le steward.

— Tu as l'habitude de voyager en jet privé ? demanda Dima.

— Seulement pour mes voyages à Mirrus.

— Le vol ne dure pas longtemps.

— Non. Il faudra plus de temps pour arriver à Abu Dhabi.

— Nous ferons escale à New York.

— Combien de temps resterons-nous là-bas ?

— Nous arriverons ce soir et repartirons demain soir.

— Nous passerons la nuit dans le jet ?

— Lorsque le vol est aussi long, autant dormir. Ou faire autre chose au lit.

Jenna se contenta de sourire. Elle n'avait rien contre.

Ensuite, Dima travailla quasiment jusqu'à l'atterrissage, pendant qu'elle regardait en exclusivité le film dont elle lui avait parlé et qu'il avait réussi à se procurer pour elle.

L'appartement new-yorkais de Dima, avec terrasse, était d'un luxe époustouflant, et l'ameublement et la décoration résolument contemporains.

— J'ignorais que tu étais collectionneur, dit-elle en s'arrêtant devant l'une des grandes toiles ressortant sur les murs blancs.

Elle reconnut aussitôt la signature d'un artiste réputé pour son talent et le prix exorbitant de ses œuvres.

Dima ne répondit pas, concentré sur les documents remis par son administrateur, venu les attendre à l'aéroport. Il donna des instructions par téléphone et apposa quelques signatures, puis plaça un premier document dans une mallette en cuir.

— Je ne suis pas un spécialiste, mais je sais ce que j'aime, dit-il.

— Tu as bon goût, en tout cas.

— Ravi que ces peintures te plaisent.

Il ajouta quelques documents dans la mallette et la referma avant de se tourner vers Jenna.

— Tu préfères que nous allions dîner au restaurant, ou que nous nous fassions livrer quelque chose ?

— Tu as de quoi préparer un repas ? demanda-t-elle en ôtant ses chaussures.

— Je ne pense pas. Ma gouvernante veille à ce que j'aie de quoi me restaurer en arrivant, mais cela se limite à des sandwichs.

— Pas si autonome que ça, hein ? fit Jenna d'un ton moqueur. Tu as une cuisine superbe à ta disposition et elle ne te sert qu'à y conserver des sandwichs au frais.

— Oui, c'est vrai, reconnut-il sans le moindre embarras.

— Tu préparais tes repas, quand tu étais à l'université ?

— Oui, mais je n'ai plus le temps de le faire, maintenant.

— Tu es incroyablement mince et musclé, pour quelqu'un qui mange toujours à l'extérieur.

— Je pratique la musculation six jours par semaine, et je me fais souvent livrer par un traiteur qui s'approvisionne directement chez les producteurs.

— Et tes partenaires sexuelles ? Tu cuisines pour elles ? Ou elles cuisinent pour toi ?

— Je n'ai pas de partenaires sexuelles.

Ah non ? Il vivait comme un moine, peut-être ?

— Que suis-je pour toi, alors ? Une amante-amie ?

— Non, déclara fermement Dima. Il ne s'agit pas de sexe décontracté parce que personne d'autre n'est disponible. Tu es ma maîtresse, Jenna. Et jusqu'à nouvel ordre, tu seras la seule femme à partager mon lit.

— C'est valable aussi dans l'autre sens.

— Entendu.

— Si nous dînons à l'extérieur, pourrions-nous aller dans un endroit hyper touristique ? Ou un restaurant étoilé dont le chef est ultra-réputé ? demanda Jenna, pressée de changer de sujet.

— Toi, tu veux vraiment te sentir en vacances…

— Oui !

En l'espace de dix ans, ses seules vacances avaient été passées en famille. Elle ne voyageait que pour son travail. Alors ces deux semaines seraient de *vraies* vacances et elle jouerait les touristes à fond.

— OK. Je vais réserver une table quelque part. Si tu veux en profiter pour te rafraîchir ?

— Merci, dit Jenna en souriant.

Sur ce, elle partit à la recherche de la chambre et de la salle de bains attenante. Pour se rafraîchir, et pour prendre un peu de distance avec l'homme qui menaçait de plus en plus son équilibre émotionnel.

Dimitri sourit en voyant l'air enchanté de Jenna au moment où le chauffeur se gara devant l'immeuble où se trouvait le restaurant qu'il avait choisi en sachant que le chef était l'un de ceux qu'elle admirait particulièrement.

— Je devrais dire que je n'arrive pas à croire que tu aies pu réserver une table ici, mais te connaissant, rien ne m'étonne plus.

— Ah, je devrais sans doute être déçu, répliqua-t-il du tac au tac en l'aidant à descendre du véhicule.

— Je n'ai pas dit que tu ne pourrais plus me surprendre, riposta-t-elle, taquine. Je suis *très* impressionnée, et *très* contente que tu aies choisi ce restaurant.

— Le chef avait une dette envers mon frère. J'en ai profité.

— Quel frère ? demanda-t-elle en plissant le front. Pas Konstantin, j'espère. Parce que je lui en veux toujours.

— Il ne t'a jamais vraiment soupçonnée, je te l'ai dit. Il va falloir que vous causiez un peu, tous les deux.

— On verra ça plus tard.

Tout en parlant, ils étaient entrés dans l'immeuble, et ses gardes du corps vérifièrent que l'un des ascenseurs était vide avant de leur donner l'habituel feu vert.

— Tu ne peux pas rester indéfiniment fâchée contre lui, reprit Dima en lui caressant la joue du bout du doigt. D'autant plus que tu es devenue presque aussi proche d'Emma que de Nataliya.

— Emma est une femme merveilleuse, en dépit de ses goûts en matière d'hommes.

— Tu vois, là, je serais incapable de dire si tu plaisantes ou si tu es sérieuse.

— Oh ! tu n'en sais rien ? demanda-t-elle, l'air ravie.

— Non.

— En tout cas, je te préfère à lui, dit-elle en se haussant sur la pointe des pieds pour l'embrasser au coin des lèvres. Tu l'avais remarqué ?

La chose inconnue frémit de nouveau dans sa poitrine.

— Non, pas du tout.

— Notre histoire ne durera peut-être pas longtemps, poursuivit Jenna, mais ce qui se passe entre nous n'est pas non plus insignifiant.

Il pencha la tête et l'embrassa à pleine bouche tandis qu'elle s'abandonnait contre lui. Non, ce n'était assurément pas insignifiant. Et si tout se passait comme il l'escomptait, leur histoire durerait très longtemps, mais il n'allait pas le lui dire maintenant.

Entendant un toussotement lui rappelant qu'ils n'étaient pas seuls, Dimitri interrompit le baiser et sourit en voyant les pommettes roses et les yeux étincelants de Jenna. Elle le désirait autant qu'il la désirait. Et son désir était aussi intense que celui qui le ravageait.

La décoration du restaurant était exactement telle que Jenna l'avait vue dans des reportages ou en photo, la clientèle habillée par les créateurs qu'elle connaissait bien. Elle aperçut l'un de ses acteurs préférés, au milieu d'un groupe d'amis parmi lesquels elle reconnut une actrice célèbre et un top model réputé.

Mais ce qui la troublait le plus, c'était le souvenir du baiser passionné de Dima dans l'ascenseur.

Un bouquet d'iris jaunes trônait sur leur table, à côté d'un seau à glace contenant une bouteille de champagne.

Il tira une chaise pour elle avant de s'asseoir en face d'elle.

— J'adore les iris, dit-elle en effleurant un pétale soyeux.

— Je sais.

— Qui te l'a dit ?

— Personne. Je ne suis pas le seul à remarquer des choses.

— Tu trouves que je suis observatrice ?

— Oui. Très.

— C'est un compliment ?

— Tu en doutes ?

— Merci.

— Jenna, il faut que tu cesses de te méfier de moi, de nous. Tu ne peux pas être avec moi uniquement parce que tu as choisi d'ignorer le côté difficile de ta relation avec un prince. Ce qui se passe entre nous n'a aucune chance, sinon.

— Ce qui se passe entre nous ? demanda-t-elle, sur ses gardes.

— Quel que soit le nom que tu donnes à ce qui nous lie, nous sommes amis. Nous couchons ensemble. Je ne veux rien perdre de tout cela parce qu'il arriverait un autre événement qui montrerait les limites d'une relation avec un membre d'une famille comme la mienne.

— Ces limites ne semblent pas te déranger.

— Tu te trompes. Je suis le premier à regretter qu'elles existent.

— Mais cela ne t'empêche pas de faire ce que tu estimes devoir faire.

— On me dit féroce.

— Je comprends qu'on puisse le penser.

— Et toi ? Tu me trouves féroce ?

— Je pense que tu peux l'être.

À elle de décider si elle prenait le risque de voir cette férocité se retourner contre elle. Sans parler du risque émotionnel qu'elle encourait, songea Jenna en s'efforçant de chasser la tension qui lui nouait la poitrine.

Elle souleva le menu et lut attentivement la description des plats dont elle n'avait jamais entendu parler, et de ceux qu'elle avait vu préparer. Tout paraissait fort appétissant.

Au moment où elle arrivait aux desserts, Dima lui prit le menu des mains et la dévisagea un instant en silence. De toute évidence, il avait compris son petit manège et, fidèle à lui-même, il faisait fi de la barrière qu'elle avait dressée entre eux.

— Nous pouvons choisir, ou laisser le chef décider pour nous.

— Il est ici ? demanda Jenna en regardant furtivement alentour.

— Oui. Et nous sommes installés à la table qu'il a réservée pour nous.

Ça alors...

— C'est vraiment super.

— Je suis ravi que tu le penses, répliqua-t-il avec humour.

— Évidemment, dit-elle en roulant des yeux. Tu es trop sophistiqué pour être excité par ce genre de chose.

— Pas du tout. Mais en matière de célébrités, ce ne sont pas les chefs qui me fascinent.

— Il y a des célébrités qui te fascinent ? Toi ?

— Bien sûr. Je suis comme tout le monde.

Non, pas vraiment. Mais inutile de le lui faire remarquer.

— Alors ? Qui, par exemple ?

— Queen B.

Jenna le dévisagea, médusée.

— Beyoncé ? J'aurais pensé que tu ne savais même pas qui elle était.

— Tout le monde connaît Beyoncé. Même moi. Je suis allé l'écouter en concert.

— Non, ce n'est pas vrai !

— Si.

Ah. Si Beyoncé était son idéal féminin, comment pouvait-il la désirer, elle...

— Tu es inquiète, *maïa milaïa* ? Rassure-toi, aucun fantasme ne saurait surpasser le plaisir bien réel que nous avons la chance de partager.

Jenna allait répliquer qu'elle ne s'inquiétait pas du tout, lorsqu'une voix à l'accent britannique leur demanda si tout allait bien.

Elle connaissait cette voix.

Tournant la tête, elle vit le célèbre chef, là, devant elle, en chair et en os.

— J'étais justement en train de demander à Jenna si elle désirait choisir ou vous laisser choisir nos plats, dit Dima.

— Vous hésitez vraiment ? demanda le chef à Jenna en haussant un seul sourcil, comme elle-même n'avait jamais réussi à le faire.

— Non. Je... Vous voulez bien choisir pour nous ?

— Avec le plus grand plaisir. Je suis toujours heureux de régaler mes amis, dont les princes Merikov font partie.

— Il m'a dit qu'il avait pu avoir une table parce que vous...

Jenna s'interrompit, les joues en feu, tandis que les deux hommes la regardaient en riant.

— Cette table est toujours à la disposition de Dima et de ses frères, déclara le célèbre chef en reprenant son sérieux.

— Et nous vous en sommes tous reconnaissants, répliqua Dima avec chaleur.

Le chef aux tempes argentées prit les deux menus en souriant.

— Eh bien, il ne me reste plus qu'à vous souhaiter bon appétit, dit-il en s'inclinant légèrement devant Jenna. À tout à l'heure, ajouta-t-il à l'adresse de Dima.

La nourriture était exquise et d'un raffinement inouï, les plats présentés avec art, le vin délicieux, mais ce qui enchantait le plus Jenna, c'était la compagnie de Dima.

Elle le désirait depuis si longtemps. Elle avait si souvent rêvé de lui, le jour comme la nuit.

En dépit de son incapacité à avoir des enfants, elle avait même rêvé plusieurs fois qu'elle en avait un avec lui. Elle n'avait jamais parlé à quiconque de l'attirance qu'elle ressentait pour lui.

À quoi bon partager des rêves qui ne deviendraient jamais réalité.

Jenna n'avait pas non plus envie qu'on la prenne en pitié.

11

Une fois rentrés à l'appartement, ils firent l'amour sous la douche, mais Jenna alla ensuite se coucher seule car Dima devait travailler.

Elle se réveilla au milieu de la nuit dans ses bras, enveloppée dans sa merveilleuse chaleur.

Jenna n'avait jamais aimé dormir avec quelqu'un. Ni avec un amant, ni avec une amie, ni avec sa sœur. Mais elle adorait passer la nuit entière avec Dima et se réveiller blottie contre lui.

Sans doute aurait-elle dû s'en inquiéter, mais dans deux semaines, tout serait terminé et elle n'aurait plus à se poser de questions, songea-t-elle confusément, déjà à moitié rendormie.

Au petit matin, elle se réveilla seule dans le grand lit et entendit l'eau couler dans la douche. Elle se leva, traversa la chambre et ouvrit la porte de la salle de bains.

Immobile sur le seuil, elle contempla le corps superbe à la peau dorée offert au jet puissant, lorsque Dima se retourna et l'aperçut. Son sourire sensuel l'attira comme un aimant.

Quand Jenna le rejoignit, il l'embrassa et la serra contre lui. Ils firent l'amour avec leurs lèvres et leurs mains, avant que Dima sorte de la douche en lui rappelant leur rendez-vous de 14 heures.

Elle resta un long moment immobile sous le jet brûlant, jusqu'à ce qu'elle repense brusquement au réchauffement climatique et ferme aussitôt le robinet. Ils avaient assez gaspillé d'eau comme ça.

Une vingtaine de minutes plus tard, Jenna reçut un coup de fil d'un homme qui se présenta comme son chauffeur et lui annonça qu'il se tenait à sa disposition.

Le chauffeur, Jackie, était un jeune homme jovial et manifestement amoureux de sa ville d'adoption. Il lui raconta toutes sortes d'anecdotes sur les bâtiments qu'ils longeaient ainsi que sur sa propre vie new-yorkaise. Il lui raconta entre autres qu'il travaillait comme chauffeur pour Mirrus Global parallèlement à ses études d'ingénieur, et que sa sœur avait réussi à entrer dans une école de stylisme réputée.

À l'heure du déjeuner, il la convainquit d'acheter un hot-dog à un vendeur de sa connaissance. Jenna l'en remercia aussitôt après la première bouchée. Elle n'avait jamais mangé de hot-dog aussi goûteux ni de sauce aux oignons aussi bonne.

Un peu avant 14 heures, Jackie la conduisit au port et s'engagea sur un quai le long duquel étaient amarrés des yachts luxueux.

Dès que la limousine s'arrêta, un homme en pantalon blanc et pull marin vint ouvrir la portière de Jenna.

— Bonjour, mademoiselle Beals, dit-il en souriant. Son Altesse vous attend à bord.

Elle prit la main qu'il lui tendait et descendit du véhicule avant de se retourner et de se pencher vers le chauffeur :

— Merci encore, Jackie. J'ai passé des moments fabuleux grâce à vous. Vous m'avez fait découvrir un New York que je n'avais même pas entrevu lorsque j'y suis venue pour la Semaine de la mode !

— Ravi de vous avoir rencontrée, Jenna, répliqua le jeune homme avec un clin d'œil. Et merci d'avance pour les entrées que vous allez m'envoyer pour ma sœur.

— Tant mieux ! Demandez-lui de me dire par e-mail ce qu'elle aura pensé de ces défilés.

Jenna se revit à l'époque où elle préparait son diplôme de

journalisme à l'université. Elle avait alors des tas de projets en tête, qu'elle pouvait se targuer d'avoir réalisés.

À présent, à trente-cinq ans, avait-elle besoin d'autres buts ? D'autres rêves ?

Tout en réfléchissant à cela, elle suivit le marin qui l'invita à monter à bord d'un immense yacht étincelant de blancheur. Une fois sur le pont, elle regarda autour d'elle et ne fut pas surprise de ne pas voir Dima. Il devait travailler en l'attendant...

Le marin la fit entrer dans un grand salon où il était installé, et travaillait en effet sur son ordinateur.

Il leva les yeux vers elle et sourit.

— Hello, *maïa milaïa*. Tu as passé une bonne journée ?

— Formidable. Mon guide était un type génial, et très sympathique, en plus.

— Il sera un bon ingénieur.

— Tu connais Jackie ? demanda Jenna, surprise.

— Tu crois que je t'aurais confiée à un inconnu ? répliqua Dima en haussant les sourcils.

— Je ne sais pas, répondit-elle avec un petit sourire en coin.

Il se leva et s'avança vers elle.

— Tu ne sais pas que tu comptes énormément pour moi ? répliqua-t-il en s'arrêtant à quelques centimètres d'elle.

— Hé, attention ! Nous n'avons pas ce genre de relation ! s'exclama Jenna, la peur durcissant sa voix.

— Quel genre de relation devons-nous avoir pour que tu sois importante pour moi ?

— Je ne... Celle que nous vivons ne peut pas être autre chose que ce qu'elle est.

— Et pourquoi donc ? murmura-t-il en refermant les mains sur sa nuque.

— Je...

Elle recula, l'obligeant à baisser les bras.

— Parce que nous étions d'accord pour dire qu'il s'agissait uniquement de sexe entre nous.

— Mais nous sommes aussi des amis, répliqua-t-il avec calme. Alors tout ce qui peut t'amener à penser que tu ne peux pas partager mon existence ni faire partie de ma famille me concerne forcément.

— Tu t'exprimes de façon si formelle, parfois.

— Je le reconnais. C'est un truc de prince, comme tu dis, ajouta-t-il, une lueur espiègle au fond des yeux.

— J'imagine.

Jenna se mordit la lèvre.

Lui dire, ou ne pas lui dire...

— Dis-moi.

— Te dire quoi ? fit-elle d'un ton innocent.

Mais il ne fut pas dupe, évidemment. Il se contenta de la regarder en silence, attendant qu'elle s'explique. Et le connaissant, elle n'y couperait pas.

— Je ne suis pas l'aînée de ma fratrie.

— Je l'ignorais, dit-il en lui prenant la main pour l'entraîner vers le canapé en demi-cercle.

Il s'assit et l'installa sur ses genoux.

— Matt avait deux ans de plus que moi.

Elle appuya la tête contre la poitrine de Dima. C'était plus facile de lui parler sans le regarder.

— Il était le meilleur des grands frères.

— Que lui est-il arrivé ? demanda Dima en resserrant les bras autour de son buste.

— J'avais dix ans quand il est tombé malade. Au début, nous ne savions pas ce qu'il avait. Mais il s'est avéré que ma mère était porteuse d'un gène responsable d'une maladie dégénérative.

— Ta mère n'est pas malade.

— Moi non plus.

Léger silence.

— Mais tu es porteuse de ce gène ?

— Oui.

Inactif, mais qui faisait partie de son patrimoine génétique, prêt à être transmis à la génération suivante, ce que Jenna n'aurait jamais permis.

— Matt est mort après des années de souffrance, lentement, perdant de plus en plus ses capacités. J'avais seize ans.

— Je suis vraiment navré, Jenna.

— Nous avons tous fait un test génétique.

Elle redressa la tête et regarda Dima.

— J'étais la seule autre enfant à être porteuse du gène.

— Tu pourrais avoir cette maladie ?

— Non. Je l'aurais eue durant mon adolescence. Mais nous avions tous peur que je ne tombe malade, jusqu'à ce que j'aie passé le seuil au-delà duquel la maladie ne pouvait plus se déclarer.

— Explique-moi pourquoi cette tragédie t'empêche d'envisager toute possibilité d'avenir avec moi.

— J'ai fait pratiquer une ligature des trompes le lendemain de mon vingt et unième anniversaire.

— Afin de ne pas pouvoir transmettre ce gène.

— Oui. Après avoir perdu mon frère à cause de cette maladie, je ne pouvais pas prendre le risque de perdre un enfant pour la même raison. En plus, le processus s'arrête avec moi. La maladie ne sera transmise à aucun membre de la prochaine génération de ma famille.

— Aucun de tes cousins ou cousines n'est porteur du gène ?

— Seulement un, et il a pris la même mesure que moi. En recourant à la vasectomie.

— Vous êtes très courageux, tous les deux, dit Dima en lui massant le dos.

— Je ne me sentais pas courageuse, à vingt et un ans. Plutôt désespérée.

— Donc tu ne peux pas avoir d'enfant par la voie naturelle.

— Je n'en aurai pas. Ni par la voie naturelle ni autrement.

— Et c'est pour cela que tu crois que notre relation n'a pas d'avenir.

— C'est la raison principale, mais pas la seule.

— Je suis prince.

— Oui.

— Et quoi d'autre ? demanda-t-il tranquillement.

— Tu es plus jeune que moi.

— À nos âges, cinq ans de différence ne comptent pas. L'écart entre Nikolaï et Nataliya est plus grand.

— On accepte ce genre de chose lorsque c'est l'homme qui est plus âgé.

Dima éclata de rire.

— Qu'est-ce que j'ai dit de si drôle ?

— Je n'aurais jamais cru entendre un jour une féministe convaincue comme toi faire ce genre de déclaration !

— Je n'ai pas dit que je le pensais.

— Dans ce cas, pourquoi te soucier de ce que pensent les autres ?

— Si nous nous fiancions, imagine les commentaires de la presse à scandale !

— Je ne prends pas mes décisions en fonction de ce que les tabloïds racontent sur moi.

— Vraiment ? Tu t'es arrangé pour ne pas faire la une de ce type de presse, pourtant ; surtout lorsque Galena a rompu publiquement avec toi.

— Personne n'aime se retrouver épinglé par la presse de caniveau, mais je ne vais pas m'empêcher de vivre de crainte de devenir la cible des paparazzis.

— Sinon, tu ne partirais pas à Abu Dhabi avec moi, acquiesça Jenna. Mais il faut que tu comprennes une chose, Dima. Je ne peux pas te donner d'enfant, mais même si je le pouvais, je ne voudrais pas les voir grandir dans un palais.

— Je ne vis pas dans un palais.

Elle entrouvrit les lèvres pour répliquer mais il la fit taire d'un baiser.

— Konstantin et Emma non plus, reprit-il en écartant les lèvres des siennes.

— Ils y vivent une partie de l'année.

— Ils rendent visite à la famille. Ce n'est pas la même chose.

— D'accord, soupira Jenna.

Quelle conversation… Elle ne s'y attendait vraiment pas.

— C'est pour parler de cela que tu m'as donné rendez-vous sur ce yacht ?

— Oui. Je voulais que nous bavardions tranquillement, ailleurs que dans une suite d'hôtel, et j'ai pensé que nous serions bien ici.

Il la regarda un instant en silence.

— T'ai-je déjà parlé de la première maison construite par ma famille ?

— Ce n'était pas le palais ?

— Non. Lorsque ma famille a quitté la Russie, ils sont partis secrètement et en n'emportant presque rien.

— Il y a quelque part une cabine de rondins où tes ancêtres ont vécu ?

— Pas une cabine de rondins, non, mais vraiment pas un palais non plus. La maison a été transformée en musée après que mon arrière-grand-père eut fait construire le palais actuel.

— Je l'ignorais.

— Je suis étonné que Nataliya ne t'en ait jamais parlé. Elle s'attache particulièrement à entretenir et à transmettre l'histoire de notre pays.

— Oui, je sais. Mais elle n'a jamais fait allusion devant moi à une maison transformée en musée. J'aimerais y aller.

— Je t'y emmènerai la prochaine fois que nous serons à Mirrus.

Si elle retournait jamais là-bas. Avec ou sans Dima.

— En attendant...

Il se leva en la gardant serrée contre lui.

— Que dirais-tu d'une petite sieste ? demanda-t-il avec un sourire follement sexy.

— Il y a une chambre ? répliqua-t-elle en haussant les sourcils d'un air faussement ingénu.

Pour toute réponse, il sortit du salon, traversa un vestibule, puis descendit quelques marches aboutissant à une double porte dont il poussa un battant.

Quelques instants plus tard, ils se déshabillaient l'un l'autre avec fièvre en s'embrassant, avant de tomber sur le lit.

Ils passèrent l'après-midi dans la chambre à faire l'amour et à bavarder. Une fois levée, Jenna prit une douche pendant que Dima donnait quelques coups de fil, et découvrit en regagnant le salon que leurs bagages avaient été apportés sur le yacht. Comme par magie.

— Nous n'aurons pas besoin de repasser chez moi, se contenta de dire Dima en la rejoignant un peu plus tard. Et cela nous permettra de dîner tranquillement ici avant d'aller à l'aéroport.

Le repas servi sur le pont fut excellent. Les lumières de la ville scintillaient comme des étoiles, créant un décor idyllique.

Jenna n'avait jamais été amoureuse. Elle avait eu des liaisons, mais aucune d'entre elles ne lui avait donné envie d'entamer une relation à plus long terme. Aucun de ses amants ne lui avait inspiré un sentiment aussi puissant. Aussi absolu.

Regarder Dima faisait naître en elle des sensations encore jamais éprouvées. Le toucher, le caresser, lui procurait un plaisir qui n'avait rien à voir avec le sexe. Être touchée et caressée par Dima lui causait un bonheur indicible.

Avec Dima, le sexe était fabuleux, éblouissant. Ils ne faisaient pas l'amour à cet instant. Ils ne se touchaient même pas. Et pourtant, un lien puissant les unissait, presque tangible.

Non seulement elle désirait Dima, mais elle avait besoin de lui.

Cette réalité terrifia Jenna, mais pas autant que l'espoir infime que, peut-être, ils puissent donner un avenir à cette relation. En dépit du statut princier de Dima. En dépit de son âge à elle et de sa stérilité.

Elle tenta bien de se dire qu'elle était stupide, mais son cœur palpitait d'un amour si profond qu'elle pressentit qu'il ne disparaîtrait jamais.

Cet amour était né huit ans plus tôt et n'avait jamais cessé de grandir. Prendre Dima pour amant n'avait fait que cimenter ses sentiments, leur donnant un caractère permanent et inéluctable. Elle aurait beau se répéter que c'était une mauvaise idée, cela n'y changerait rien.

Lorsqu'elle lui avait énuméré les raisons qui les empêchaient d'être ensemble, les réactions de Dima avaient été ambiguës. Ses confidences n'avaient pas paru le troubler, mais il n'avait pas non plus tenté de la convaincre qu'elles ne représentaient pas des obstacles à un potentiel avenir commun.

Mais il avait insisté pour connaître toutes ses raisons.

Pourquoi ?

Jenna se le demanda de nouveau quand ils montèrent à bord du jet privé.

Pour la première fois de sa vie, elle n'eut aucun mal à s'endormir dans un avion. Le fait d'être dans un vrai lit, blottie contre le corps chaud de Dima, y était sans doute pour beaucoup.

Il la réveilla d'un baiser.

— Il est temps de te lever, *maïa milaïa*. Nous allons bientôt atterrir.

— J'ai dormi durant tout le vol ? demanda Jenna en se redressant sur son séant, étonnée.

— Tu avais besoin de sommeil.

Elle le regarda, assis sur le bord du lit, déjà rasé de près.

— Mais toi, tu n'as pas dormi pendant douze heures, je parie.

— Non, mais j'ai passé une bonne nuit.

— Je ne pourrai pas fermer l'œil ce soir…

— Cela ne me dérangera pas, répliqua Dima avec un petit sourire en coin.

Jenna éclata de rire.

— Tu es vraiment insatiable !

— Pas toi ? Nous nous entendons à merveille, tous les deux. Et pas seulement au lit, ajouta-t-il en la regardant dans les yeux.

— Oui, c'est vrai, acquiesça-t-elle sans réfléchir.

Il eut l'air stupéfait, presque… choqué, puis fronça les sourcils.

— Tant qu'il ne s'agit pas de la vraie vie, tu veux dire.

Puis, sans lui laisser le temps de répliquer, il se leva.

— Nous atterrissons dans trente minutes.

Sur ces paroles, il sortit de la chambre.

Que venait-il de se passer, au juste ? Jenna n'en savait rien, mais elle avait l'impression désagréable que quelque chose lui échappait.

Après avoir pris une douche rapide, elle choisit une tenue appropriée pour Abu Dhabi et se passa une écharpe légère autour du cou au cas où elle devrait se couvrir les cheveux.

Parsemé de palmiers et entouré de murs de pierre surmontés de grilles de protection en fer forgé ouvragé, le domaine où se trouvait le condominium paraissait *immense*.

— Nous partageons un mur avec deux autres plus petites unités où sont logés le personnel de maison et les membres de la sécurité, expliqua Dima en ôtant veste et cravate avant de les poser sur son bras. Le complexe dispose lui aussi de sa propre sécurité, ce qui permet aux résidents d'utiliser tranquillement la salle de sport, le golf privé et les autres équipements.

— Je vois, dit Jenna avec une pointe d'ironie dans la voix.

Mais il n'était pas d'humeur à plaisanter, visiblement. Quelque chose le préoccupait.

— Il y a un bassin digne d'une piscine olympique, mais je préfère notre piscine à débordement pour la détente, poursuivit-il.

— Pour la détente… entre autres, répliqua-t-elle pour tâcher de le faire sourire.

— Tu es la première que j'amène ici, enchaîna Dima. Je n'ai jamais amené de femme dans aucune des propriétés, ou copropriétés, de ma famille.

— Je suis l'exception ?

— Tu en doutes ?

Jenna désirait ne pas en douter, surtout maintenant qu'elle avait reconnu ses sentiments pour Dima, mais elle n'allait pas le lui dire.

— S'il y a une chose dont je ne doute pas, c'est que même si, par miracle, je devenais riche, je ne passerais pas mes vacances dans un endroit aussi somptueux que celui-ci.

Le hall comportait trois arcades ouvrant sur trois vastes pièces – un salon, une salle à manger dont la longue table pouvait facilement accueillir une vingtaine de convives, et une magnifique bibliothèque.

Chaque pièce contenait de beaux meubles en bois sombre, la décoration déclinant des teintes évoquant un coucher de soleil.

— Il y a six chambres, dit Dima. Mais nous nous contenterons d'une seule.

— Cette bibliothèque dégage un charme inouï.

— C'était la pièce préférée de ma mère.

— Tu parles rarement d'elle, répliqua doucement Jenna en lui posant la main sur le bras.

Une expression de tristesse voila les yeux gris.

— Je n'étais qu'un enfant quand nous l'avons perdue, mais je me souviens encore de son sourire.

— Et c'est douloureux ?

— Oui.

— Merci.

— De quoi me remercies-tu ? dit-il en haussant les sourcils.

— De partager tes vraies émotions avec moi.

— De toute façon, je ne suis pas doué pour les dissimuler, à t'en croire.

— Je te connais mieux que la plupart des gens, c'est pour ça.

— Je ne plaisante pas quand je te dis que mon ego supporte sans problème que tu voies en moi ce qui reste invisible à la plupart des gens ! répliqua-t-il en riant.

Oui, il le disait, mais son ego devait bien en souffrir un peu.

— Fais-moi visiter les lieux, proposa Jenna en lui prenant la main.

Les six chambres avaient chacune leur salle de bains privée, naturellement. Dans la salle de jeux, il y avait toutes sortes de jeux de société, des plus anciens aux plus récents. À côté se trouvait une salle vidéo équipée d'un immense écran plat. Tandis qu'un petit salon ouvert donnait sur un jardin où étaient installées une table et des chaises, ainsi qu'une banquette recouverte d'épais coussins.

Mais le plus surprenant, c'était la sensation de bien-être que ressentait Jenna. Dès qu'elle avait franchi le seuil de cette résidence, elle s'y était sentie chez elle.

Plus tard, Dima l'emmena faire une balade en kayak dans la mangrove. Il en émanait une atmosphère magique, un mélange d'odeurs et de parfums extraordinaires, ainsi que de sons.

Une fois qu'ils furent revenus à quai, elle ne fut pas surprise d'apprendre que Dima avait prévu de l'emmener dîner dans l'un des restaurants les plus prisés de la ville.

Mais lorsqu'ils furent conduits à leur table et qu'elle aperçut le bouquet d'iris, Jenna sentit les larmes lui monter aux yeux.

— Ils sont très beaux.

— En harmonie avec ta beauté.

— Si je ne te connaissais pas aussi bien, je penserais que tu me fais la cour, dit-elle en s'appuyant contre lui.

— Mais je te *fais* la cour, répliqua-t-il avec un sourire éblouissant.

Le dîner fut exquis, la conversation détendue. Dima était particulièrement de bonne humeur et Jenna ne put s'empêcher de se demander pourquoi.

Le trajet de retour se fit dans le silence.

Dès la porte refermée, il la prit dans ses bras et l'emporta vers la chambre qu'il avait choisie pour eux, et tint sa promesse de la tenir éveillée toute la nuit. Mais pas seulement en lui faisant l'amour. Ils jouèrent, nus, aux petits chevaux dans la salle de jeux, et firent une incursion dans la cuisine pour se préparer une collation au petit matin.

Le lendemain, ils se réveillèrent tôt et passèrent un bon moment dans la piscine à débordement avant de prendre le petit déjeuner.

Ils étaient entourés de personnel, mais tous et toutes firent preuve d'une discrétion stupéfiante. La sonnerie du téléphone de Dima sonna le début de sa journée de travail. Lorsqu'il fut installé devant son ordinateur, Jenna décida de commencer l'un des nombreux romans qu'elle n'avait jamais le temps d'ouvrir.

Munie de sa tablette électronique, elle passa les heures suivantes au bord de la piscine à lire au soleil, en faisant des pauses pour aller se rafraîchir dans l'eau, avant de finir par s'installer à l'ombre lorsque le soleil fut à son zénith.

Elle était si détendue qu'elle sursauta en entendant son portable sonner à côté d'elle. La sonnerie d'Emma.

Saisissant l'appareil, elle répondit aussitôt alors que depuis deux semaines, elle n'arrivait pas à prendre les appels de son amie.

— Bonjour, Emma. Tu vas bien ?

— Mon mari ne pense pas que tu as trahi les secrets de sa famille.

— Ça, c'est direct. Que s'est-il passé ?

— Konstantin a reconnu qu'il avait tenté de vous rapprocher, et je lui en veux terriblement. Il n'a même pas songé que ses accusations pourraient te blesser.

— Il ne m'a pas vraiment accusée.

— Tu vas peut-être me dire que tu n'as pas été blessée ?

— Je l'ai été, c'est vrai.

— Et tu l'es encore, sinon tu aurais répondu à mes appels.

— J'ai répondu à celui-ci.

— Oui. Alors je me demande ce qui a changé. J'étais prête à te bombarder de coups de fil jusqu'à ce que tu me répondes.

Jenna éclata de rire. Emma et Nataliya avaient pris l'habitude de l'appeler sans cesse quand elle ne répondait pas tout de suite.

— Cette Skylar ne t'aurait sans doute jamais choisie pour cible si tu n'avais pas été notre amie.

— Si. Elle l'aurait fait de toute manière. C'était une pro en la matière. Mais elle a dû croire qu'elle avait touché le gros lot en découvrant mes contacts.

— Je suis désolée, Jenna.

— Pourquoi serais-tu désolée ? Tu ne m'as pas accusée d'avoir divulgué des informations confidentielles.

— Konstantin ne l'a pas fait non plus. Il voulait juste vous rapprocher, Dima et toi.

C'était la deuxième fois que son amie disait cela.

— Tu parles sérieusement ? demanda Jenna.

— Eh bien, oui. Tout le monde sait que vous êtes attirés l'un par l'autre.

— Mon frère m'a fait la même réflexion.

— Tu vois !

— Nous nous entendons très bien, Dima et moi, c'est vrai.

— Oh ça alors ! Tu le reconnais ? Nataliya me doit cinq dollars !

— Vous avez parié là-dessus ?

— Elle a parié que tu ne reconnaîtrais *jamais* que tu es attirée par Dima parce qu'il est prince.

— Et toi, tu as parié le contraire ?

— Bien sûr. J'ai dit que vous finiriez forcément par craquer un jour, et j'ai parié que ça arriverait avant que les manigances du prince Evengi, qui veut à tout prix marier son fils, portent leurs fruits.

— Dima m'a dit qu'il avait accepté de rencontrer les femmes sélectionnées pour lui par son père.

— Je suis contente que cela ne te tracasse pas. Tu sais que cela ne veut rien dire. Avec mon beau-père, c'est parfois plus facile de lui céder à court terme et de tenir bon sur des projets à plus long terme.

— Puisque tu as gagné cinq dollars sur mon dos, tu me dois un café.

— C'était le but.

Jenna rit de bon cœur. Comme si sa princesse d'amie n'avait pas les moyens de lui offrir un café !

— Demande de l'argent pour mon café à Konstantin. Il me doit bien ça.

— Et comment !

Elle souffrait de ne pas encore pouvoir parler aussi librement avec Nataliya, mais bavarder et rire avec Emma lui fit un bien fou.

12

Jenna repensait encore à sa conversation avec Emma lorsqu'elle entendit un bruit de pas derrière elle et se retourna.

Dima portait un pantalon en coton beige, une chemise blanche à manches courtes et des sandales en cuir clair.

— Où est ton caleçon de bain ?

— J'avais pensé que nous pourrions aller au fort, cet après-midi. C'est le bâtiment le plus ancien d'Abu Dhabi.

Elle hocha la tête.

— Je comprendrais mieux ce regard affamé si j'étais effectivement en caleçon de bain, dit-il en plissant les yeux.

— Un caleçon ultra-moulant, comme ceux des nageurs de compétition ?

Jusqu'à présent, il avait porté un short de bain pour nager.

— Oui. Je crois en avoir un dans mes affaires. Tu veux que j'aille me changer ?

Elle hocha de nouveau la tête, la gorge soudain sèche. Ils iraient au fort demain.

— À tout de suite.

Il réapparut quelques minutes plus tard, vêtu en tout et pour tout d'un caleçon noir, moulant son membre viril et ses cuisses musclées.

Jenna le regarda en retenant son souffle. Dima était décidément l'homme le plus sexy qu'elle eût jamais rencontré.

Se dirigeant vers le bord du bassin, il plongea dans l'eau et refit surface avant de se retourner vers elle.

— Tu me rejoins ?

Sans plus attendre, Jenna ôta son paréo en voile de coton sous le regard avide de Dima. Puis elle s'assit au bord du bassin et se laissa glisser dans l'eau... pour se retrouver dans ses bras.

— T'imaginer ici, en bikini, me rendait fou, dit-il en l'attirant contre lui.

— Je n'ai fait que lire et nager. Rien d'excitant.

— *Tu* es excitante, répliqua-t-il avant de prendre sa bouche avec passion.

Tout en approfondissant le baiser, il défit le lien noué sur sa nuque.

— Tu ne peux pas faire ça ! protesta Jenna en écartant ses lèvres des siennes. Et si quelqu'un nous voit ?

— Nous sommes seuls.

— Et le personnel ? Tes gardes du corps ?

— Je les ai envoyés dans leurs quartiers.

— Nous sommes vraiment seuls ?

— Le système d'alarme est activé, mais j'ai demandé d'éteindre la caméra de surveillance jusqu'à ce soir. En revanche, toutes les autres fonctionnent, en permanence.

— Tu es sûre que personne ne nous voit ?

— Certain, *maïa milaïa*.

— Dans ce cas...

Jenna l'embrassa tandis qu'il lui ôtait son haut de bikini et l'envoyait sur le bord du bassin. L'instant d'après, les mains expertes la débarrassaient du bas, tandis qu'elle glissait les siennes jusqu'à la puissante érection et l'extirpait du lycra. Elle referma les doigts autour du membre excité ; ils se caressèrent l'un l'autre, jusqu'à ce que leur désir exige l'assouvissement.

— Viens, murmura Jenna.

Elle souleva les jambes et les lui referma autour des hanches en croisant les chevilles sur les reins de son amant, impatiente de le sentir en elle.

Quand il la pénétra, elle se hissa légèrement pour mieux l'accueillir en elle, avant de se laisser glisser sur la puissante érection et de le chevaucher hardiment.

— Oui, comme ça..., l'encouragea Dima en la tenant par les hanches.

Il jouit le premier en poussant un cri rauque, après un va-et-vient sauvage qui leur arracha des gémissements à tous les deux. La sensation de sa semence se répandant en elle grisa Jenna et la fit grimper jusqu'à des sommets encore inconnus. Elle cria à son tour et bascula dans l'extase.

L'eau clapotait doucement autour d'eux, comme pour accompagner leur retour à la réalité.

Jenna appuya la tête dans le cou de Dima.

— Tu avais dit que tu voulais te débarrasser de ton obsession pour moi, lui rappela-t-elle d'un ton qui se voulait moqueur.

— Je ne sais pas si cela arrivera un jour, mais nous pouvons toujours continuer d'essayer.

Plaisantait-il lui aussi ?

Parce que sinon, s'il cherchait toujours à se débarrasser de ce qu'il appelait une *obsession* et y parvenait, la souffrance qui en résulterait pour Jenna risquerait de l'anéantir.

Dimitri resta éveillé, Jenna lovée contre lui, à se repasser mentalement les arguments qu'elle lui avait exposés sur le yacht où il lui avait donné rendez-vous pour discuter tranquillement avec elle.

À l'inverse des autres femmes qu'il connaissait, son statut de prince ne l'impressionnait pas, mais en plus, elle voyait cela comme un obstacle à tout projet d'avenir commun.

Sa position de directeur financier de Mirrus Global et sa fortune ne l'impressionnaient pas davantage.

Il avait cinq ans de moins qu'elle, mais leur différence d'âge ne constituait pas la barrière qu'elle imaginait. C'était Jenna qu'il voulait à ses côtés et il se fichait bien qu'elle ait trente-cinq ans plutôt que vingt-cinq.

De toute évidence, le plus important des obstacles était pour elle sa stérilité. Dimitri l'admirait d'avoir eu le courage de prendre une décision aussi radicale, mais ce n'était absolument pas une raison de ne pas l'épouser. S'ils désiraient avoir des enfants, il y avait d'autres options.

Comment pouvait-elle ne pas se rendre compte qu'ils s'accordaient à merveille ? Et pas seulement au lit.

Il avait une chance inouïe et le savait. Il s'y était pris comme un imbécile au départ, mais… elle lui avait pardonné.

À présent, il n'avait plus qu'à montrer à Jenna qu'en devenant sa compagne, sa femme, elle aurait une vie meilleure. Qu'il ferait tout pour la rendre heureuse et l'aider à défendre les causes qui lui tenaient à cœur.

Aussi devait-il réfléchir à ce à quoi il était prêt à renoncer pour vivre avec celle qu'il s'était choisie. En outre, s'il franchissait le pas et avançait dans la direction qu'il envisageait de prendre, cela pourrait bien balayer les inquiétudes de Jenna concernant sa stérilité.

Elle avait besoin de lui. Comme lui avait besoin d'elle.

Le lendemain, alors qu'elle faisait la sieste au bord de la piscine, Jenna fut réveillée par la sonnerie de son téléphone.

Et cette fois, c'était un appel vidéo de Nataliya.

— Quand comptais-tu me dire que tu sortais avec mon petit beau-frère ? demanda sa meilleure amie sans autre préambule.

— Je n'avais aucune chance avec l'autre, répliqua Jenna avec humour, et pour esquiver la question de Nataliya.

— Même si Konstantin n'était pas aussi épris d'Emma, vous vous seriez trucidés l'un l'autre dans votre sommeil si vous aviez tenté de passer la nuit ensemble.

— Sûrement.

— Alors, toi et Dima ?

— Tout va à merveille de ce côté-là.

— En dépit de son statut de prince et de son train de vie dispendieux ? répliqua Nataliya, pince-sans-rire.

— Personne n'est parfait, dit Jenna en se redressant sur son transat.

Elle attrapa son paréo et posa son téléphone sur le nouveau support offert par Dima.

— Non. Mais Dima est un type bien, même s'il n'est pas parfait.

— Je suis d'accord avec toi.

— J'étais sûre que tu ne céderais jamais à ton penchant pour lui, tu sais ?

— Il s'est montré très persuasif, répliqua Jenna avec un haussement d'épaules.

— En d'autres termes, tu pouvais lutter contre ton désir, mais pas contre le sien.

— Être enceinte n'ôte rien à ta perspicacité, à ce que je vois.

Nataliya fit la grimace.

— J'ai des nausées épouvantables, c'est affreux, mais mon médecin affirme que c'est bon signe.

— Il ne peut pas te prescrire quelque chose pour te soulager ?

— Cesse de t'inquiéter pour moi. Ça va aller. Les femmes enceintes supportent leurs nausées depuis l'aube des temps.

— Oui, mais...

— Arrête. Ma fausse couche était une anomalie, et il n'y a aucune raison de penser que le phénomène va se reproduire. Mais si jamais c'était le cas, je sais que tu serais là pour moi.

Jenna hocha brièvement la tête.

— Tu n'en parles jamais, dit doucement son amie.

— De quoi ?

— De ta stérilité.

— Je l'ai voulue.

— Mais cela ne veut pas dire que tu n'as jamais souhaité être mère.

Nataliya s'interrompit et se mordit la lèvre.

— Je n'ai rien dit. Pardon.

— Ce sont les hormones de grossesse qui te rendent sentimentale, répliqua Jenna en se forçant à sourire.

— Ne plaisante pas. Je suis une mauvaise amie.

— Tu es la meilleure des amies et tu as raison, il y a une partie de moi qui regrettera toujours de ne pas pouvoir avoir d'enfant. Mais j'ai des neveux et nièces, et cela me rend très heureuse.

— Comme Dima te rend heureuse ?

— Oui.

Nataliya se posa la main sur le cœur d'un geste théâtral.

— Tu le reconnais ?

— Nous passons des vacances ensemble. Et je serais vraiment stupide d'avoir accepté de partir avec lui si j'avais pensé que je ne serais pas heureuse avec lui.

Son amie écarquilla les yeux.

— Tu es amoureuse de lui !

— Sans commentaire.

— Tu vas t'autoriser à être avec Dima ? demanda Nataliya, l'air maintenant sérieux.

— Je suis avec lui.

— Tu sais ce que je veux dire.

— Nous sommes partis sur l'idée que notre relation était libre et sans attaches, et nous ne sommes pas revenus verbalement sur cette décision commune. Sinon que nous nous sommes promis d'être fidèles le temps que durerait notre liaison.

— C'est un engagement, je trouve.

— Oui et non.

— Tu veux avoir un avenir avec Dima ?

— Nous nous entendons bien.

— Ce n'est pas une réponse.

— Je ne sais pas. J'ai envie de te dire que oui, mais tout est tellement idyllique, ici.

— Les vacances, ce n'est pas la vraie vie, acquiesça Nataliya.

— Exactement.

Son amie resta silencieuse un instant.

— Que sais-tu sur Dima ? demanda-t-elle lentement.

— Il me désire physiquement. Tout le temps.

Nataliya roula des yeux.

— Ça, tout le monde le sait. Qu'est-ce que *tu* sais ?

— Il est obstiné et arrogant, mais il tient compte de mes sentiments et de mes préférences. Et on peut discuter avec lui.

Il peut être très vulnérable mais il ne le montrerait jamais. Je sais aussi que ce qu'il a vécu à l'armée l'a changé. Et que pour lui, protéger les siens passe avant tout le reste, mais il me considère comme un membre de sa famille.

— Ah, on y voit plus clair.

— Il pense que rien ne nous empêche d'envisager un avenir commun et il ne tient pas compte des obstacles dont je lui ai parlé.

Pour lui, aucun obstacle n'était insurmontable, dans aucun domaine.

— Dima est un boulimique du travail, poursuivit Jenna. Il est prince, milliardaire, mais pas seulement.

— Ah bon ? la taquina Nataliya.

— Oui. Il est drôle et cultivé, et très ouvert. Il peut être dur, mais aussi éprouver de la compassion. Il adore ses neveux et nièces.

— Comme toi.

— Oui.

Comment avait-elle pu envisager de couper tous les liens avec cette famille ? s'interrogea à nouveau Jenna.

— Je t'aime, Nataliya.

— Moi aussi, je t'aime, mon amie. Je te considère comme une sœur, tu le sais, et je mentirais si je disais que je ne suis pas terriblement excitée à la perspective de vous voir officialiser votre union.

— Ne t'emballe pas, dit Jenna, plissant le front. Je n'ai pas parlé de mariage.

Mais elle y pensait.

— Tu devrais.

— Pardon ?

— Tu devrais peut-être demander Dima en mariage.

Jenna sentit sa poitrine se contracter.

— Tu plaisantes, dit-elle quand elle eut repris son souffle.

— Non, pourquoi ? répliqua Nataliya avec un sourire espiègle. Je te laisse y réfléchir. Il faut que j'aille manger mes biscottes sinon je vais vomir.

Jenna songeait encore au « pourquoi ? » de son amie tandis qu'elle s'habillait pour le déjeuner.

Dima ayant promis de se libérer et de l'emmener déjeuner à l'extérieur, elle avait choisi une robe à fleurs style rétro, des sandales à semelles compensées et des bijoux colorés, et ses cheveux tombaient librement sur ses épaules.

Ne trouvant pas l'étole qu'elle comptait emporter, elle sortit sa valise du dressing et l'ouvrit dans l'espoir de l'y trouver.

— Tu ne partiras pas là-dessus !

La froideur de la voix de Dima la fit tressaillir.

Elle se retourna et le vit immobile sur le seuil, le visage fermé et le regard dur.

— Je ne pars pas.

Quant à savoir ce qu'il voulait dire par *là-dessus*...

— Tu fais tes bagages.

— Pas du tout. Je cherche mon étole. Pourquoi partirais-je ?

Au même instant, Jenna vit le tabloïd qu'il tenait à la main. De là où elle se trouvait, elle aperçut une photo d'eux deux marchant le long de la corniche d'Abu Dhabi.

— Cela devait arriver un jour ou l'autre, dit-elle.

Et pourquoi aurait-elle décidé de partir à cause de ça ?

— Je ne souhaite pas cacher notre relation.

— Pourquoi es-tu furieux, alors ?

— Je ne suis pas furieux.

— OK. Qu'y a-t-il, Dima ?

— J'ai cru que tu partais, répondit-il en fixant sa valise.

— Parce que les médias parlent de notre relation ? Tu me connais mal.

— Nous n'entretenons pas une relation mais une liaison. Nous sommes amants.

— Oui, dit Jenna en s'avançant vers lui. Laisse-moi voir.

Il leva le bras pour l'empêcher de prendre le journal.

— Si tu ne l'as pas vu, c'est aussi bien.

— Tu plaisantes, ou quoi ? protesta-t-elle, choquée.

— Tu as dit que tu comprenais.

— J'ai dit que je comprenais quoi ?

— Que je rencontre les femmes choisies pour moi par mon père. Que tu savais que cela ne signifiait rien.

— C'est toi qui as dit que cela ne signifiait rien.

— Effectivement, et je compte sur toi pour avoir confiance en moi, déclara Dima avec sa fichue arrogance de prince.

— Montre-moi cet article, ordonna Jenna.

— Très bien, puisque tu insistes, répliqua-t-il en lui tendant le journal, mais avec réticence.

Puis il pivota sur ses talons et disparut.

Stupéfiée par sa réaction, elle en oublia presque le tabloïd. Qu'est-ce qu'il lui avait pris ?

Ses incertitudes revinrent au galop. Ses doutes et ses craintes. Elle s'était fait des illusions. Leur histoire n'avait aucun avenir. Dima se fichait qu'*elle* soit perturbée par ce qu'elle allait découvrir. Sinon, il serait resté.

Pourtant, il avait paru ne pas supporter qu'elle puisse partir. Parce qu'il était un mâle arrogant et possessif qui s'attendait à ce que tout le monde lui obéisse au doigt et à l'œil ?

Ou parce qu'elle comptait *vraiment* pour lui ?

Le cœur battant à tout rompre, Jenna déplia le journal plié en deux.

Le prince Dimitri trompe déjà la princesse Sophia !

Deux photos étaient accolées. Sur celle de gauche, Dima dansait avec une belle jeune femme d'une vingtaine d'années en robe de soirée, dans la salle de bal du palais de Mirrus.

Sur celle de droite, on les voyait, elle et Dima, marchant main dans la main au bord de l'eau. Elle-même contemplait la mer, un demi-sourire aux lèvres. Dima la regardait, une expression intense sur ses traits. Et une émotion profonde se lisait dans les yeux gris.

Jenna ouvrit le journal et se concentra sur l'article. Les rumeurs allaient bon train depuis le dernier séjour de Dima à Mirrus, où il avait rencontré la princesse Sophia lors d'une réception officielle. Ils avaient dansé longuement ensemble, bavardé... Plusieurs photos les montraient en train de valser, de boire du champagne en se souriant. Mais Jenna n'accorda qu'un regard à ces photos. Ce qui restait gravé dans son esprit, c'était celle d'elle-même avec Dima.

Ils ressemblaient à deux amoureux. Sans le savoir, le photographe avait capté la vérité. Dima la regardait comme il ne regardait personne d'autre.

De son côté, son amour pour lui irradiait d'elle. Dima s'en était-il aperçu ? Était-ce la vraie raison de sa colère ?

Mais si c'était le cas, pourquoi cette réaction parce qu'il avait cru qu'elle s'en allait ?

Le seul moyen d'en avoir le cœur net était d'en parler avec lui, décida Jenna. D'en parler vraiment.

Elle le trouva assis sur un transat au bord de la piscine, la tête penchée en avant, le regard rivé à la surface de l'eau, un verre de whisky à la main.

Jamais encore elle ne l'avait vu ainsi. La cravate de travers, la chemise déboutonnée à l'encolure. La veste posée n'importe comment sur un autre transat, les cheveux en désordre.

— J'aimerais avoir les originaux des photos, dit-elle en s'arrêtant à côté de lui. Tu crois que tu pourrais les obtenir ?

Il leva les yeux, la mine sombre.

— Elles sont déjà en ligne. Personne ne peut plus rien y faire. Même pas moi.

— Même pas toi ?

Silence.

— Regarde ces photos, Dima.

— Je les ai regardées.

— Alors tu connais la réponse à une question que je me pose depuis notre arrivée à Abu Dhabi.

— Quelle question ?

— Je te le dirai au cours du dîner.

— Nous devions d'abord aller visiter la Grande Mosquée.

— Très bien. Allons-y.

Il se leva, l'air un peu perdu.

— Va prendre une douche, tu te sentiras mieux après, lui conseilla Jenna.

— Viens avec moi.

— Si je t'accompagne, nous ne sortirons pas, et j'ai prévu quelque chose pour ce soir.

— Moi aussi.

— Parfait. Je t'attends ici. D'accord ?

13

Ils ne parlèrent pas de l'article durant la visite de la Grande Mosquée. Ni après, dans la voiture qui quittait peu à peu la ville pour gagner le désert.

Dima avait prévu un pique-nique sur le sable. Ou plus exactement sur un vaste tapis anatolien entouré de torches allumées qui projetaient une douce lumière dorée sur les coussins empilés çà et là, et sur les plats aux arômes alléchants disposés sur une table basse se trouvant au centre. Les étoiles et la lune brillaient dans le ciel nocturne, ajoutant un côté magique à ce décor romantique.

— C'est magnifique. Merci d'avoir organisé ce dîner, Dima.

Il inclina légèrement la tête et l'invita à s'asseoir.

Jenna ôta ses sandales et s'installa sur les coussins tandis qu'il se déchaussait et venait la rejoindre.

— Je sais que nous sommes entourés de gardes du corps, mais on a l'impression d'être seuls au monde, ici, dit-elle.

— Après avoir sécurisé le périmètre, ils se sont tous retranchés derrière cette dune, répliqua Dima, l'air très content de lui. Si nous sommes bruyants, ils nous entendront, mais sinon, nous sommes seuls, en effet.

— Tu crois que nous pourrions faire quelque chose de bruyant ? demanda-t-elle avec malice.

— C'était l'idée, avant que je te trouve en train de faire tes bagages.

— Je ne faisais pas mes bagages.

— Je l’ai cru.

Jenna posa la main sur la sienne.

— Si j’avais été furieuse contre toi au point de m’en aller, tu l’aurais su.

— Tu as lu l’article.

— Oui.

— Et tu n’as pas l’air d’être furieuse.

— Eh bien, je suis au courant, maintenant.

— Et ?

— Si tu veux que je te fasse confiance, tu dois toi aussi me faire confiance, Dima.

— J’ai confiance en toi.

— Alors, crois-moi quand je te dis qu’aucun article de tabloïd ne me fera remettre en question ce que j’ai compris.

— Qu’est-ce que tu as compris ?

— Tu ne trouves pas curieux que cela n’ait pas traversé l’esprit de ce journaliste que tu puisses me faire la cour ? demanda-t-elle au lien de lui répondre.

Faire la cour était une expression terriblement désuète, mais elle convenait à la situation. Dima lui *faisait* la cour.

— Simple manque d’imagination ou de perspicacité, répliqua-t-il d’un ton détaché.

— Tu ne nies pas que tu me fais la cour, dit Jenna en souriant.

— Pourquoi le nierais-je puisque c’est vrai ?

— Je ne sais pas. Pourquoi m’avoir dit que ton but était de me sortir de ton système ?

Dans la lumière tamisée projetée par les torches, elle vit les pommettes ciselées foncer.

— Tu refusais d’entendre la vérité.

— Tu as peut-être raison.

— Mais maintenant, tu la réclames.

— Oh ! Dima. As-tu regardé ces photos ?

— Celles du tabloïd ? demanda-t-il, les sourcils froncés.

— Oui.

— Brièvement.

— Tu aurais dû les regarder plus longtemps.

— Pourquoi ?

— Elles la crient, la vérité, en dépit des grossiers mensonges de ce journaliste.

— Elles montrent que tu es la seule femme qui compte à mes yeux et que les autres ne m'intéressent pas, même les princesses les plus en vue ?

— Oui.

— Tu le penses vraiment ? demanda-t-il, l'air offusqué.

— Pourquoi crois-tu que je voulais les originaux ?

— Pour les détruire.

— Jamais de la vie ! Pour les mettre dans un album avec celles que j'ai prises depuis notre arrivée.

— Tu es une femme curieuse, Jenna.

— Peut-être, mais je ne te plairais pas, sinon.

— C'est vrai. Tu me plais parce que tu es intelligente et ravissante. J'ai toujours envie de toi, mais j'aime tous les moments que je passe avec toi, au lit et en dehors du lit.

— C'est pour ça que tu désires m'épouser ?

— Qui t'a dit que je le désirais ?

— Toi, avec ta cour.

— De nos jours, on ne se contente pas de dire *sortir avec quelqu'un* ?

— Non.

— Non ?

— Non. Sortir avec quelqu'un, ça peut être ponctuel, superficiel. Tu as bien essayé de me faire croire que c'était ce que tu voulais, mais il n'y a rien de superficiel dans ce que nous ressentons l'un pour l'autre.

— Cet aveu me ravit. Comme lorsque tu m'appelles *ton prince*.

— Je t'appelle comme ça ?

— Oui, cela t'arrive. Dans de très rares occasions.

— Je pense que tu es à moi, c'est vrai.

Une lueur farouche éclaira ses yeux gris.

— Je pense la même chose de toi.

— Tant mieux.

— Nous sommes faits l'un pour l'autre, Jenna.

— Même si je ne peux pas te donner d'enfant ?

— Si nous voulons en avoir, nous pourrons en adopter, ou faire appel à une mère porteuse, par exemple. Ou encore, si tu veux porter mon enfant, nous pouvons recourir à la fécondation in vitro.

— Tu as beaucoup réfléchi à la question, murmura Jenna, profondément émue.

— Naturellement. Je ne suis pas tenu d'avoir des enfants pour perpétuer la lignée. Mais si tu le souhaites, je serai ravi d'être père.

— Tu serais un très bon père, répliqua-t-elle en refoulant les larmes qui lui picotaient les yeux.

— Et toi une mère idéale. Forte et un modèle formidable pour nos fils et nos filles.

— Tu en veux tant que ça ? J'ai trente-cinq ans, tu sais ?

— Les femmes ont des enfants de plus en plus tard, mais si tu n'en veux qu'un ou deux, cela me convient aussi.

— Tu ne m'en voudrais pas si je n'en voulais pas du tout ?

— Non. C'est *toi* que je désire, *maïa milaïa*. Je crois même que j'ai besoin de toi.

— Le mot *amour* te fait peur ?

— Je...

Il tira sur le col de sa chemise en soie.

— Je pensais que l'amour n'entrait pas en ligne de compte.

Ah bon ? Eh bien, il allait avoir un réveil brutal.

— Je pensais que tu étais parfaite pour moi, poursuivit Dima. Je n'ai pas réfléchi plus loin que cela. Et je savais que j'étais parfait pour toi en dépit de ta liste de points négatifs me concernant.

— Cela ne te concernait pas en tant que personne mais en tant que prince.

— Je peux cesser de l'être, répliqua-t-il avec calme.

Comme s'il venait de lui indiquer l'heure.

— Je ne peux pas changer mon statut de milliardaire, ni le fait que je suis le fils de mon père, mais je peux renoncer à mon titre de prince.

Le souffle lui manqua. Il venait de proposer de renoncer à son titre de prince de la maison royale de Merikov ?

— Tu ne le penses pas.

— Si. J'en ai parlé avec Nikolaï. C'est déjà arrivé. D'autres Merikov ont préféré la vie de roturier.

— Tu m'aimes, Dima.

— Sans doute, parce que j'ai toujours été très fier d'être un prince de Mirrus.

— Je ne te demanderai jamais de renoncer à ton titre.

Jenna se redressa à demi avant de s'agenouiller devant lui. Il la regarda faire, médusé, tandis qu'elle lui prenait la main et s'éclaircissait la voix.

— Je t'aime, et ne crois pas que je te laisserai oublier que c'est moi qui l'ai dit la première.

— Je suis certain que ce que j'ai dit ce soir trahissait mon amour pour toi. Que sont trois petits mots face à tout ce que je suis prêt à faire pour t'apporter le bonheur ?

— Ces trois petits mots *sont* le bonheur, Dima.

— Je vais les prononcer, alors.

— Ça y est, tu refais ton truc de prince.

— Je le fais quand je suis nerveux.

— Je m'en souviendrai.

Jenna se tut et attendit. Parce que son prince n'était pas un lâche.

— Je t'aime, Jenna. Je me fiche de notre différence d'âge, de ta stérilité, de nos différences de milieu. J'ai besoin de toi pour être entier.

— Et moi, j'ai besoin de toi pour être entière.

Elle inspira à fond.

— Veux-tu m'épouser, Dima ?

Le beau visage se figea, puis le plus beau des sourires illumina ses traits nobles.

— Je suppose que tu ne me laisseras jamais oublier non plus que c'est toi qui tu me l'as demandé la première ?

— Je le raconterai à nos enfants tous les ans le jour de notre anniversaire de mariage.

Il l'attira contre lui.

— Oui, *maïa milaïa*, murmura-t-il contre ses lèvres. Je veux être ton mari.

Le baiser qu'ils échangèrent fut différent de tous les précédents. Il avait un goût de certitude et de bonheur.

— Tu diras à ton frère que je ne veux pas être princesse, c'est tout, déclara Jenna quand ils furent installés confortablement l'un contre l'autre sur les coussins.

— Je peux le lui dire, mais à moins de renoncer au mien, je ne peux pas l'empêcher de te conférer ce titre.

— S'il le fait, je militerai pour la monarchie constitutionnelle.

— Tu le feras de toute façon.

Elle éclata de rire.

— Oui, c'est vrai.

Le baiser qui s'ensuivit se transforma vite en une étreinte passionnée. Ils firent de leur mieux pour rester discrets, mais Jenna finit par se ficher que quelqu'un les entende et sache qu'elle et son prince venaient de s'avouer leur amour et qu'ils le célébraient à leur manière.

Épilogue

Six mois après leur mariage, Jenna posa les mains sur son ventre arrondi et sourit.

Quand ils avaient décidé de recourir à la fécondation in vitro et d'utiliser des ovocytes provenant d'une donneuse possédant les mêmes caractéristiques physiques que Jenna, tout était allé très vite puisque la première tentative avait réussi.

Et la clinique soumettant toutes les donneuses à des examens très poussés, Jenna avait entièrement confiance et savait qu'elle ne transmettrait aucun gène dangereux à son enfant.

Elle avait encore l'impression de vivre un miracle.

Jamais elle n'avait imaginé qu'elle pourrait être enceinte un jour, et n'était pas sûre de vouloir renouveler l'expérience.

Dès le début, elle avait commencé à avoir des douleurs dans le dos et les hanches, ainsi que des nausées quotidiennes, toute la journée, pendant les quatre premiers mois. À présent, elles avaient enfin cessé et elle pouvait fréquenter Nataliya, qui attendait son quatrième enfant.

Sa meilleure amie avait mis au monde un bébé en bonne santé deux mois avant que Dima et Jenna décident de s'enfuir pour aller se marier en secret. En réalité, Dima avait choisi cette solution pour lui épargner la pompe d'un mariage royal, Jenna le savait et l'aimait encore plus en raison de cela.

La quatrième grossesse de Nataliya avait été un choc pour tout le monde. Leur bébé n'avait que quelques mois, mais, à part les nausées, la nouvelle grossesse de Nataliya progressait sans incident. Mais elle et Jenna avaient dû renoncer à se voir à cause de leurs nausées respectives et se contenter d'appels vidéo et de SMS pendant des semaines.

À présent, elles se retrouvaient à Mirrus pour fêter l'anniversaire du prince Evengi.

L'ancien roi était aux anges de voir ses trois fils mariés et heureux, et paraissait lui-même très heureux de son mariage avec sa charmante épouse. La mère de Nataliya s'était épanouie à Mirrus, et Jenna était contente pour elle.

Quel changement avec l'époque où la tristesse se lisait dans le regard de la princesse Solomia quand celle-ci croyait que personne ne l'observait.

Toute tristesse avait dorénavant disparu. Être grand-mère lui allait à ravir, comme elle l'avait montré dès la naissance d'Anna Yelena.

Nikolaï et Nataliya étaient toujours aussi épris l'un de l'autre et fiers de leurs trois enfants, et attendaient donc le quatrième. Cette fois, Nataliya semblait avoir décidé que quatre suffiraient peut-être...

Emma et Konstantin étaient venus avec les garçons, bien sûr. Jenna et Konstantin avaient fini par faire la paix, après qu'il se fut mis en quatre pour se faire pardonner.

Au moment où elle allait se retourner, des bras musclés lui enlacèrent la taille et les grandes mains de son mari se posèrent doucement sur son ventre.

— Comment va-t-elle, aujourd'hui ?

— Elle est très active. Tu la sens ?

Au même instant, le bébé donna un petit coup de pied. Dima laissa échapper un petit halètement émerveillé comme à chaque fois que cela se produisait.

— Oui. Dire que dans quelques mois, nous pourrons la tenir dans nos bras.

— Je n'arrive toujours pas à me faire à l'idée que Nataliya en attende un quatrième...

— Moi si, mais je reconnais que j'aime ton projet d'adopter notre prochain enfant.

Jenna avait en effet eu le sentiment profond que celui ou celle qu'ils adopteraient serait un enfant et non un bébé.

Et Dima avait aussitôt adhéré à son idée.

— Nous sommes si heureux ensemble, Jenna.

— Les plus heureux du monde, mon chéri.

— Mon frère réfléchit à la faisabilité d'un passage à une monarchie constitutionnelle.

— Tu parles sérieusement ? demanda Jenna en se retournant dans les bras de son mari.

— Toi, Nataliya et Emma avez été des avocates très persuasives, dit-il en souriant.

— Oh ! je suis si heureuse !

— Rien ne garantit qu'il fera basculer le gouvernement dans cette direction.

— Nikolaï est un homme bon et juste. Une fois qu'il verra tout le bien qu'un tel changement peut apporter à Mirrus, il se lancera, à fond.

— J'aime ton optimisme.

— Je t'aime.

— Ne cesse jamais de me le répéter.

— Aucun risque. Même si c'est moi...

— ... qui ai dû le dire la première, acheva-t-il à sa place avant de l'embrasser avec amour.

Son prince l'aimait de tout son cœur, comme elle l'aimait de tout le sien.

Même si, à cause de lui, elle avait bien dû se résoudre à devenir princesse.

Vous avez aimé ce roman ?
Retrouvez en numérique l'intégrale de votre série
« Décret royal » :

1. *Les voeux de Nikolaï*
2. *Le secret de Sa Majesté*
3. *Trahison au palais*

VOTRE COLLECTION PRÉFÉRÉE DIRECTEMENT CHEZ VOUS

Vous souhaitez découvrir nos collections ? Une fois votre 1er colis à prix mini reçu, si vous souhaitez continuer à recevoir nos livres, cela se fera automatiquement. Vous n'avez aucune obligation d'achat et cette offre est sans engagement de durée !

Dans votre 1er colis, 2 livres au prix d'un seul
+ en cadeau le 1er tome de la saga *La couronne de Santina*.
8 tomes sont à collectionner !

☛ COCHEZ la collection choisie et renvoyez cette page au
Service Lectrices Harlequin – CS 20008 – 59718 Lille Cedex 9 – France

Collections	Prix 1er colis	Réf.	Prix abonnement (frais de port compris)
❑ **AZUR**	4,75€	AZ1406	6 livres par mois 31,49€
❑ **BLANCHE**	7,40€	BL1603	3 livres par mois 25,15€
❑ **PASSIONS**	7,90€	PS0903	3 livres par mois 26,79€
❑ **BLACK ROSE**	8,00€	BR0013	3 livres par mois 27,09€
❑ **HARMONY***	5,99€	HA0513	3 livres par mois 20,76€
❑ **LES HISTORIQUES**	7,40€	LH2202	2 livres tous les deux mois 17,69€
❑ **SAGAS***	8,10€	SG2303	3 livres tous les 2 mois, 29,46€
❑ **VICTORIA**	7,90€	VI2115	5 livres tous les 2 mois 42,59€
❑ **GENTLEMEN***	7,50€	GT2022	2 livres tous les 2 mois 17,95€
❑ **NORA ROBERTS***	7,90€	NR2402	2 livres tous les 2 mois prix variable**
❑ **HORS-SÉRIE***	7,80€	HS2812	2 livres tous les 2 mois 18,65€

*livres réédités / **entre 18,75€ et 18,95€ suivant le prix des livres

F23PDFM

N° d'abonnée Harlequin (si vous en avez un) |_|_|_|_|_|_|_|

Mme ❑ Mlle ❑ Nom : ____________________

Prénom : ____________________ Adresse : ____________________

____

Code Postal : |_|_|_|_|_| Ville : ____________________

Pays : ____________________ Tél. : |_|_|_|_|_|_|_|_|_|_|

E-mail : ____________________

Date de naissance : ____________________

Date limite : 31 décembre 2023. Vous recevrez votre colis environ 20 jours après réception de ce bon. Offre soumise à acceptation et réservée aux personnes majeures, résidant en France métropolitaine, dans la limite des stocks disponibles. Prix susceptibles de modification en cours d'année. Vous pouvez demander à accéder à vos données personnelles, à les rectifier ou à les effacer. Il vous suffit de nous écrire en nous indiquant vos nom, prénom et adresse à : Service Lectrices Harlequin CS 20008 59718 LILLE Cedex 9. Service Lectrices disponible du lundi au vendredi de 9h à 17h : 01 45 82 47 47.